爱与人生

邹韬奋 著

罗拉拉 编

江苏凤凰文艺出版社
JIANGSU PHOENIX LITERATURE AND ART PUBLISHING LTD

目录

辑一　随遇而安

能与为

“能其所为”与“为其所能”而能合并，在个人在社会都是莫大的幸事；初虽未能，肯学习而做到能，则由“为”而“能”，亦尚可有为；最下者虽“能”而不“为”，或不能而妄“为”。

一人事业上之成就与其能力为正比例；且自文明进行分工愈精，则能力之专门化亦愈密，能于此者未必亦能于彼，故与事业之成就为正比例的能力，尚须注意其所专者是否适合于其所为。果有相当的能力，而此相当的能力又适合于所做的事业，其效率之增高，业务之发展，实意中事，在社会方面之兴盛繁荣，全恃此种事业独得此种人才；在个人方面之感觉兴味与愉快，亦全恃此种人才有机会尽心竭力于此种事业。此即所谓“能其所为”与“为其所能”合而为一。故有志于某种事业者，与其临渊羡鱼，毋宁退而结网，结网无他，即当对于此某业所需要之能力先加以充分的准备。昔人所谓“水到渠成”，所谓“左右逢源”，都是有了充分准备以后的亲切写真。

能力之养成，常有待于实际应付问题与处理事务时之虚怀默察，及领悟窍诀。故“学”与“为”常可兼程并进，互有裨益。在此原则下，虽最初有所未能，或能而未精，只须肯存心学习，未尝不可由“为”而“能”。古今以来有不少对社会有重大贡献的人物，虽未有领受正式教育之机会，而犹能利用其天赋，由困知勉行而卓然有所树立者，都是由这条路上走出来的。不过要走得上这条路，一下走不到康庄大道，必须不厌曲径小路之麻烦；换句话说，即勿因事小而不屑为，当知“百尺高楼从地起”，天下决无一蹴即成之事，亦未有一学即能之业，无不从一点一滴的知识经验积聚而成。若小事尚不能为，安见其能为大事？

尤可悯者为虽“能”而不“为”。一种事业所以能有特殊超卓的成绩，全恃从事者能以满腔热诚全副精力赴之。若因循苟且，敷衍暇逸，即有能力，无所表现，虽有能为之能，等于不能，虽有可能，永为不可能。这种毛病，不在相当知识之无有，实在良好品性之缺乏——尤其是服务的精神与忠于所业的态度。还有一个大病根，便是畏难。这种人仅见他人之成功，而不知他人之成功实经过无数次之失败，实尝过无数次之艰苦。常人但见成功之际之愉快，不见苦斗时代之紧张；但闻目前的欢声，岂知以往的慨叹？任何事业的成功史中必有一段伤心史，诚以艰苦困难实为成功必经的阶段，尤以创业者为甚。虽已有“能”，在创业时期中必须靠自己打出一条生路来，艰苦困难即此一条生路上必经之途径，一旦相遇，除迎头搏击外无他法，若畏缩退避，即等于自绝其前途。

不能而妄为，其为害超过于虽能而不为，盖一则消极的无所成而已，一则积极的闯祸。此类人既不屑学习，又不自量力，好虚荣而不顾实际，善大言而不知自惭，阻碍贤路，贻害社会，决无自省之日，徒有忮求之心，怨天尤人，永难觉悟。自知未能者尚可使其能，实际无能而自以为有能或甚至自以为有大能，轻举妄动，虽至失败而尚不知其致败之由，乃真无可救药。

二十，五，九。

呆　气

我们寻常大概都知道敬重“勇气”和敬重“正气”。昔者曾子谓子襄曰：“子好勇乎？吾尝闻大勇于夫子矣：自反而不缩，虽褐宽博，吾不惴焉；自反而缩，虽千万人，吾往矣！”这是从理直气壮中所生出的勇气。孟子说：“我善养吾浩然之气。”有人问他什么叫作浩然之气，他说“难言也。其为气也，至大至刚，以直养而无害，则塞于天地之间。其为气也，配义与道；无是，馁也”。这是天地间的浩然正气。但是吾意以为非有几分呆气，勇气鼓不起来，正气亦将消散；因为“虽千万人，吾往矣”，非有几分呆气的人决不肯干；“以直养而无害”，亦非有几分呆气的人也不肯干。试想“富贵不能淫，贫贱不能移，威武不能屈”，不是呆气的十足表现吗？

研究任何学问，欲求造诣深邃者，也不可不有几分呆气。据传发明地心吸力学说的牛顿，有一天清晨正在潜思深究得有味当儿，他的女仆预把鸡蛋置小锅旁备他自煮作早餐，他一面沉思，一面把手上的一只表放入锅内滚水中大煮特煮，这不是呆气的表现吗？又据传说电学怪杰爱迪生结婚之日，与新夫人同车经过他的实验所，把夫人暂停在门外，自己跑进去取什么东西，不料进去之后，忘其所以，竟在一张桌上大做其实验，把夫人丢在外面许久，最后由新夫人进去找了出来，才一同回家去，这又不是呆气的表现吗？大概研究学问非研究到有了呆气的境域，钻得不深，求得不切，只有皮毛可得，彼科学家思创造一物，发明一理，当其在未创造未发明之前，人莫不讥为梦想，甚乃狂易，认为徒耗光阴，结果辽远，而彼科学家独能不顾讥笑，埋头研究，甚至废寝忘食，甘之如饴，非有几分呆气为后盾，岂能坚持得下去？

委身革命事业以拯救同胞为己任者，也不可不有几分呆气。彼革命志士，思为国家谋幸福，为人民除痛苦，而当其未达到谋幸福除痛苦之前，无一兵一卒之力，无弹丸凭借之地，在他人见之，未尝非纸上谈兵，痴人说梦，认为必不可以实现。然卒以彼大革命家之规谋计划，冒万险，排万难，忍人之所不能忍，为人之所不敢为，刀斧不足以惧其心，穷困不足以移其志，置身家性命于度外，而登高一呼，万方响应，翕然从风，固为万流景仰，但在流离颠沛之际，非有几分呆气为后盾，岂能坚持得下去？诚以凡事非有几分呆气来应付，处处只计及一己利害，事事顾虑前途得失，无丝毫之主见，无丝毫之冒险精神，迟疑不前，趑趄不进，永在彷徨歧路之间而已。

此外欲能忠于职务亦非具有几分呆气不可。在办公室中但望公毕时间之速到，或手持公事而目注墙上所悬时计者，大概都是聪明朋友的把戏。事业交在这种人手上是永远办不好，这是可以保险的。因为他所缺乏的就是忠于职务视公务如己事的呆气。降而至于交友，也以具有几分呆气的朋友为靠得住。韩退之所慨叹的“士穷乃见节义”，朋友穷了，仍不忘其友谊，此事非有较高程度之呆气者不办！

我们寻常的心理，大概无不喜闻他人之誉我聪明，且亦时欲表现其聪明，又无不厌闻他人之称我为呆子，而并不愿自认为呆子。初不料呆气也有那么大的好处！

二十，五，十六。

个人的美德

有一位老前辈在某机关里办事，因为他的事务忙，那机关里替他备了一辆汽车，任他使用。有一天他对我说，他想念到中国有许多苦人，在饥寒中过可怜的日子，觉得非常难过，已把汽车取消，不再乘坐了。我问他什么用意，他说改造社会，要以身作则。他这样做是要把自己的俭苦来感化别人的。我说我很怀疑这种“感化”的实效究竟有多少，因为许多“苦人”根本就坐不起汽车，用不着你去感化；至于上海滩上的富翁阔少，买办官僚，决不会因为你老不坐汽车，他们也把汽车取消。就是我这样出门只能乘乘电车，或有的地方没有电车可乘，因为要赶快，不得不忍心坐上把人当牛马的黄包车，也无法领略你老的“感化”作用。他听了没有话说。

就一般说，这位老前辈算是有着他的个人的美德，但他要想把这“个人的美德”的“感化”作用来“改造社会”，便发生我在上面所说的困难了。他真正要想改造社会，便应该努力促成一种社会环境，使白坐汽车的剥削者群无法存在，劳苦大众在需要时都有汽车可坐，这才是根本的办法；但是这种合理的社会环境是要靠集体的力量实际斗争得来的，决不是像“取消汽车，不再乘坐”的“个人的美德”所能由“感化”而造成的。

有人羡称列宁从革命时代到他握着政权以后，只有着一件陈旧破烂的呢大衣，连一件新大衣都没有，叹为绝无仅有的个人的美德，好像要想学列宁的人只须学他始终穿着一件破旧的大衣便行！其实列宁并非有意穿上一件破旧的大衣来“感化”什么人，他的伟大是在能领导大众为着大众革命，在努力革命中忘却了自己的衣服享用，恰恰是无意中始终穿着一件破旧的大衣。倘若不注意他为解放大众所积极进行的工作，而仅仅有意于什么个人的美德的感化作用，那就等于上面那位老前辈的感化论了。无疑地列宁决不是要提倡穿着破旧的大衣，他所领导的革命成功之后，劳苦大众不但无须穿着破旧的大衣，而且因社会主义建设的着着成功，大家还都得穿上新的好的大衣！

我在德国的时候，听见有人不绝口地称赞希特勒的俭德，说他薪俸都不要，把它归还到国库里。我觉得他的重要任务是所行的政策能否解决德国人民的经济问题，是否有益于德国的大众，倒不在乎他个人的薪俸的收下或归还。老实说，像我们全靠一些薪俸来养家活命的人们，便无从领受这样“个人的美德”的“感化”。

我们的意思，当然不是反对个人的美德，更不是说奢侈贪污之有裨于社会，不过鉴于有一班人夸大“个人的美德”对于改造社会的效用，反而忽略或有意模糊对于改造现实所需要的积极的斗争。

二十五，二，二十九。

敏捷准确

成功是一对父母产出的宁馨儿——敏捷与准确。无论哪一位成功的人物。他一生里面总有“一发千钧”、“稍纵即逝”的重要关头，当这种时候，倘若心里一游移不决，或彷徨失措，就要全功尽弃，一无所成！

错误：遇着事就敏捷去做的人，就是偶有错误，也必终抵于成功！一个因循耽误的人，就是有较好的判断力，也必终于失败。

救星：一人不幸做了“迟疑不决”的牺牲者，其唯一的救星是“敏捷的决断，果敢的行为”。

欺人：对事要敏捷，还要准确。与人交际最寻常而却最神圣的准确是践约。与人约了一定的时候，临时不到或迟到，除有真正的万不得已的理由外，便是一件有意欺人的事情，在新道德方面是一件切忌的恶根性。

华盛顿：华盛顿做总统的时候，常于下午四点钟在白宫宴请国会议员①，

① 白宫在1792年开工，1800年竣工。华盛顿的任期与白宫建成后的时间无重叠。

有的时候有几位新议员到得迟，到的时候看见总统已坐在那里吃，不舒服的意思形于神色，华盛顿便老实对他们说："我的厨子只问预约的时间到了没有，从来不问客人到了没有。"

拿破仑：拿破仑有一次请几位他的大将用膳，到了预约的时候，那几位大人还没有到，他一个人大嚼一顿。等他们来了，他已经吃完，离座对他们说："诸君，用膳的时候过了，我们立刻要去办公。"

信用：敏捷是信用之母。敏捷最能证明我们做事有序，做得好，使人信任我们的能力。至于确守时间的人，常是能够守信的人，也就是可恃的人。

（原刊 1927 年 10 月 23 日《生活》周刊第 2 卷第 51 期）

热　诚

什么是“热诚”？用上海话来说，就是“起劲”。与“起劲”处于相反地位的，就是所谓“懒洋洋”。再说得坏些，也可以说是“阴阳怪气”。我们遇着懒洋洋的或阴阳怪气的朋友，要不要讨厌？既要讨厌，自己就该向热诚或起劲的一条路走。

著名政治家克雷氏（Henry Clay）曾经有几句话说出他的热诚精神。他说：“别人演讲重要问题的时候，心里觉得怎么样，我不知道；讲到我自己呢，遇着这种时候，我心目中所有的只不过当前的那个重要题目，此外对于身外的环境，自身，时间，周围的东西，都好像一无所知，一无所觉。”这样起劲的演说，当然要使人感动。

有一位著名的银行家说：“一个银行如果真要大成功，要寻聘一位常把这个银行带到铺上的行长。”这是说这种行长对于该行事业的起劲，专注思想于这种事业的精神，不是真把一个那么大的银行搬到那么小的一架床铺上去。

名小说家狄更斯（Dickens）说他常被他所经营的小说里面的理想人

物和文字的计划所缠绕，非把他们用文字描写出来，简直不让他睡觉，不让他休息！这样起劲地做小说，当然要写得活龙活现，使人读了对着他笑，对着他哭，对着他叹息和对着他欢跃！

艺术家的不朽作品，所以能成，也全恃他有勇往直前的爱美的热诚，非把它表现于大理石上或是帆布上，也是不能让他安闲的。

大思想家爱默生（Emerson）曾经说道："世界史上所记载的惊天动地的大事业，都是热诚之凯旋。"

热诚能发生新精力；热诚能启迪新智慧；热诚能增加新兴趣；热诚能战胜恶环境；热诚能给我们以最后的胜利！

十六，十一，二十。

随遇而安

一个人要有进取的意志，有进取的勇气，有进取的准备；但同时却要有随遇而安的工夫。

姑就事业的地位说，假使甲是最低的地位，乙是比甲较高的地位，依次推升而达丙丁戊等等。由甲而乙，由乙而丙，由丙而丁……中间必非一蹴而就，必经过一段历程。换句话说，由甲到乙，由乙到丙……的中间，必须用过多少工夫，费了多少时间，充了多少学识，得了多少经验，有了多少修养。

倘若未达到乙而尚在甲的时候，心里对于目前所处的境遇，就觉得没有乐趣，希望到了乙的地位才能安泰；到了乙，要想到丙，于是对于那个时候所处的境遇，又觉得没有乐趣，希望到丙的地位才能安泰……这样筋疲力尽的一辈子没有乐趣下去，天天如坐针毡，身心都觉没有地方安顿，岂不苦极！

所以我们一面要进取，一面对于目前所处的地位，要能寻出乐趣来，譬如在职务上有一件事做得尽美尽善，便是乐趣；有一事对付得当，又是乐趣。在甲的时候，有这种乐趣；在乙的时候，也有这种乐趣；岂不是一辈子做有乐趣的人？这便是随遇而安的工夫，这样的随遇而安是积极的，不是消极的。彻底明白了此中真谛，真是受用无穷！

（原刊1927年11月13日《生活》周刊第3卷第2期）

坚毅之酬报

一个人做事，在动手以前，当然要详慎考虑；但是计划或方针已定之后，就要认定目标进行，不可再有迟疑不决的态度。这就是坚毅的精神。

大思想家乌尔德(William Wirt)[①]曾经说过："对于两件事，要想先做哪一件，而始终不能决定，这种人一件事都不会做。还有人虽然决定了一件事的计划，但是一听了朋友的一句话，就要气馁；其先决定这个意思，觉得不对，既而决定那个意思，又觉得不对；其先决定这样办法，觉得不对，既而决定那样办法，又觉得不对；好像船上虽然有了罗盘针，而这个罗盘针却跟着风浪而时常变动的；这种人决不能做大事，决不能有所成就，这种人不能有进步，至多维持现状，大概还不免退步！"

有一个报界访员问发明家爱迪生："你的发现是不是往往意外碰到的？"他毅然答道："我从来没有意外碰到有价值的事情。我完全决定某

① 乌尔德：今通译(威廉·沃特)(1772—1834)，美国作家、政治家。

种结果是值得下工夫去得到的，我就勇迈前进，试了又试，不肯罢休，直到试到我所预想的结果发生之后，我才肯歇！……我天性如此，自己也莫名其妙。无论什么事，一经我着手去做，我的心思脑力，总完全和他无顷刻的分离，非把他做好，简直不能安逸。”

坚毅的仇敌是“反抗的环境”，但是我们要知道“反抗的环境”正是创造我们能力的机会。反抗的环境能使我们养成更强烈的抵御的力量；每战胜过困难一次，便造成我们用来抵御其他难关的更大的能力。

文豪嘉莱尔(Carlyle)①千辛万苦地著成一部《法国革命》(今译作《法国大革命》)。当他第一卷要付印的时候，他穷得不得了，急急忙忙地押与一个邻居，不幸那本稿子跌在地下，给一个女仆拿去加入柴里去烧火，把他的数年心血，几分钟里烧得干干净净！这当然使他失望得不可言状，但是他却不是因此灰心的人。又费了许多心血去搜集材料，重新做起，终成了他的名著。就是一天用一小时工夫求学问，用了十二年工夫，时间与在大学四年的专门求学的时间一样，在实际经验中参证所学，所得的效益更要高出万万！

(原刊 1927 年 11 月 27 日《生活》周刊第 3 卷第 4 期)

---

① 嘉莱尔：今通译卡莱尔(1795—1881)：英国历史学家、散文家，著有《法国革命》、《论英雄、英雄崇拜和历史上的英雄主义》。

静

我们试冷眼观察国内外有学问的人，有担任大事业魄力的人，和富有经验的人，富有修养的人，总有一个共同的德性，便是“静”。我们试细心体会，可以看出一个人的学问、魄力、经验、修养等等的程度，往往和他们所有的“静”的程度成正比例。

静的精神之表现于外者，当然以态度言词最为显著。我们只要看见气盛而色浮，便见所得之浅；邃养之人，安详沉静，我们只要见他面色不浮，眼光不乱，便知道他胸中静定，非久养不能。

我们试看善于演说，或演说有经验的人，他的态度非常沉静安定，立在演台上的时候，身体并不十分摇动，就是手势略有动作，也是很自然的。惟其态度能如此之安定自然，所以听众也感觉得精神安定，聚其注意于他的演辞。初学演说或演说毫无经验的人，往往以为在演台上要活泼，于是摇手动脚，甚至于跑来跑去，使听众的眼光分散，注意难于集中，真所谓“弄巧成拙”！

做领袖的人，静的精神之表现于态度者尤为重要，遇着重要事故或意外事故时，常人先要惊慌纷乱，举止失措，做领袖的便要绝对的镇定，方可镇定人心，不至火上添油，越弄越糟。

不必说什么机关的领袖，就是做任何会议的一时主席，也须要具有“静”的精神的人上去，才能胜任愉快。

“静”的精神之可贵，不但关系外表，脑子要冷静，然后思想才能够明澈缜密。有了这种冷静的脑子，用来研究学问，才不致受古人所愚，才不致受今人所欺，一以理智为分析判断之准绳；有了这种冷静的脑子，用来应事应人，才能应付得当，不受欺蒙；有了这种冷静的脑子，用来立身处世，才能不为外撼，不为物移，才能不至一人誉之而喜，一人毁之而忧，才做得到得意时不放肆，失意时不烦恼，因为有了这种冷静的脑子，胸中有主，然后不为外移。

昔贤吕心吾先生曾经说过：“君子处事，主之以镇静有主之心。”又说：“干天下大事，非气不济，然气欲藏不欲露，欲抑不欲扬，掀天揭地事业，不动声色，不惊耳目，做得停停妥妥，此为第一妙手。”这几句话很可以说出静的妙用来。

但是我们所主张的“静”是积极的，不是消极的；是要向前做的，不是袖手好闲的。例如比足球的时候，守球门的人多么手敏眼快，但是心里是要十分冷静的，苟一心慌意乱，敌方的球到眼前还要帮助敌方挥进自己的门里去！我们是要以静为动之母，不是不动。关于这一点，吕心吾先生还有几句很可以使我们受用的话，我现在就引来做本文的结束：“处天下事只消得安详二字，虽兵贵神速，也须从此二字做去。然安详非迟缓之谓也，从容详审，养奋发于凝定之中耳。是故不闲则不忙，不逸则不劳。若先怠缓，则后必急遽，是事之殃也，十行九悔，岂得谓之安详？”

（原载1928年12月16日《生活》周刊第4卷第5期）

高　兴

咱们孔老夫子有个最得意的门生，《论语》里说他“一箪食，一瓢饮，在陋巷，人不堪其忧，回也不改其乐”。这位颜先生并非因为没菜吃，住在破烂的房子，做了这样的一个“穷措大”而快乐。他所以还能那样高兴，是因为他对于所学实在津津有味，所以虽穷而不觉得；虽然穷得“人不堪其忧”，而他因为有心里所酷爱的学问在那里研究得实在有趣，所以仍是一团高兴。这段纪事并不是鼓励人做穷人，是暗示我们总要寻出自己所高兴学的，所高兴做的事情，高高兴兴地去学，高高兴兴地去做。

电影发明大家爱迪生幼年穷苦的时候，就喜欢作科学的实验。他十几岁在火车上作小工的时候，有一天藏在火车里预备实验用的玻璃瓶偶因震动倒了下来，硝镪水倒了满处，给管车的人狠狠地打了两个耳光，把他一搂，丢到火车的外面去！他虽这样地吃了两个苦耳光，到老耳朵被他弄聋，但是他对于科学的实验还是很高兴地继续地干去，不因此而抛弃，因为这原是他所高兴学的所高兴做的事情。

这样的“高兴”精神，是最可宝贵的东西：我们倘能各人寻出自己所高兴学的、所高兴做的事情，朝着这个方向往前做去，把所学的所做的事，好像和自己合而为一，这真是一生莫大的幸福。所以做父母师长的人要常常留意考察子女学生的特长和特殊的兴趣，就此方面指导他们，培养他们；做青年的人要常常细心默察自己的特长和特殊的兴趣，就此方面去准备修养；就是成年，就是在社会上的人，也要常常注意自己的特长和特殊的兴趣，就此方面继续地准备修养，寻觅相当机会，尽量地发展，各尽天赋，期收最大限度的效率。

和“高兴”精神相反的就是“弗高兴”；表面上虽在那里做，而心里实在“弗高兴”；心里既然“弗高兴”，当然只觉其苦而不觉其乐。《国策》里说“苏秦读书欲睡，引锥自刺其股，流血至踝”！历来传为佳话，许多人称他勤苦求学的可嘉！我以为这样求学并不是因为他高兴求学而求学，并不是因为他觉得求学中有乐处而求学，乃是把求学当作“敲门砖”，当一件苦事做，所以这位老苏只不过造成一只“瞎三话四”的嘴巴，用来骗得一时的富贵，并求不出什么真学问来。我们以为求学就该在求学中寻乐趣，否则无论他的股刺了多深，血流了多少，我们却一点不觉得可贵，反而认为是戆徒的行为！

“高兴”精神之所以可贵，因为它是由心坎中出发的，不是虚荣和金钱以及其他的享用所能勉强造成的。在下朋友里面有某君现在从事一种高尚专门的新式职业，闻名于社会，进款也不少，出入乘着的是自备的汽车，住的是呱呱叫的洋房，在别人看来，总觉得他“呒啥”了。但是我有一天和他谈起他的职业，才知道他对于所做的事情并不喜欢，而且觉得讨厌，要想拼命地赚几个钱之后改做别的事情。我觉得他在物质的享用上虽“呒啥”，而精神上的抑郁牢骚，充满“弗高兴”的质素，竟不觉得有什么做人的乐趣！我心里暗想，这位朋友真远不及箪食瓢饮住在陋巷的穷措大——颜老夫子的快乐。为什么缘故？因为一个“高兴”，一个“弗高兴”！做到了高兴做的事情，就是箪食瓢饮陋巷还能高兴；做弗高兴做的事情，就是洋房汽车还只是弗高兴！

“高兴”的精神固然可贵，但是倘若趋入歧途，也很尴尬！上海有著名律师某君高兴于嫖，虽他的夫人防备之严有如防盗，他还是一团高兴地偷嫖。他虽十分地惧内，但是惧内的效用竟不能损他高兴的分毫，他的夫人一不提防，他就一溜烟地溜出去了！他所乘的是自己的汽车，一到了窑子的门口，总叫他的汽车夫把空车开到远远的一个地方停着，以免瞩目——他夫人的目。恰巧有一天他和一位“白相朋友”到某大旅馆开一个房间，正在征妓取乐，不料密中一疏，竟任汽车停在那个旅馆的门口。他的夫人忽然心血来潮，到他事务所来“检查”，寻不着他，于是立即乘着一部黄包车，在几条马路上大兜其圈子，实行其“巡查”，寻觅她丈夫的汽车。也算这位大律师触霉头，她凑巧寻到那个旅馆门口时，看见自己家汽车的号数赫然在目。当然在汽车里正在进行打瞌睡的汽车夫阿四，于朦胧之际忽见“太太”来了，知道“路道弗对”，便装作不知道主人到哪里去了。这位“太太”哪肯罢休，睁圆了眼睛，一把抓住阿四，大声吓道：“你不说出来，明朝停你的生意！”阿四想“停生意弗是生意经”，只得老实告诉她。于是这位发冲眦裂的“太太”三步作两步走，奔入那个房间，好像霹雳一声，把那位大律师抓了出来，立刻赏给两个结结实实的响脆耳光！那位陪伴的朋友看见来势汹汹，三十六着，走为上着，一溜烟地躲而且逃！这位大律师虽经过这一场恶剧，他现在对于嫖还是一团高兴，还是东溜西溜地偷出去。爱迪生的不怕吃耳光，吃了耳光还要高兴，终成了一个有贡献于全世界人类的科学发明家；这位大律师的不怕吃耳光，吃了耳光还要高兴，也许终至倾家荡产，弄得一塌糊涂！

还有一点，我们也要注意的，就是具有特别天才的人，如上面所说的颜回和爱迪生之流，他们的高兴精神，也许开始就有。至于比较平常的人，往往要先用一番努力的工夫，做到相当的程度，才找得出兴趣来，所以努力也是不可少的。不过在努力的进程中，一面努力，一面逐渐地有进步，同时即于逐渐的进步中增加高兴的精神，也就是于努力之中有快乐，不像苏秦那样刺着股，流着淋漓的血，强做那样弗高兴的事情！

十七，十二，二。

消极中的积极

据在下近来体验所得，深觉我们倘能体会“消极中的积极”之意味，一方面能给我们以大无畏的精神和勇往迈进的勇气，一方面能使我们永远不至自满，永远不至发生骄矜的观念。孔老夫子是我国历史上的一位伟人，他视富贵如浮云，是何等的消极！据他的一位很刚强的弟子子路说，他明明是“道之不行，已知之矣”，又是何等的消极！但是他却不赞成当时长沮和桀溺（均与孔子同时的隐者）一流人的行为。他自三十五岁起由鲁国往齐国，周游列国，仍冀于无可为之中而或可获得多少的结果，一直奔到六十八岁才回到鲁国。孟子说他“三月无君则皇皇然”，则又何等的积极！

无论何人不能不承认孙中山先生是我国近代史上的一位伟人，据他自述：“……虽身当百难之冲，为举世所非笑唾骂，一败再败，而犹冒险猛进者，仍未敢望革命排满事业能及吾身而成者也……”以孙先生的眼光与魄力，在当时还是“未敢望革命排满事业能及吾身而成”，其消极为何如？但是“未敢望”尽管“未敢望”，却能于“一败再败”之余“而犹冒险猛进”，其积极又何如？

以“道之不行，已知之矣”为背景，以“未敢望及吾身而成”为背景，可以说是以消极为背景；以消极为背景的积极进取，不知有所谓失望，不知有所谓失败，因为失望和失败都早在预期之中，本为常例，不足为例外。世之不敢进取者无非怕失望，无非怕失败，以消极为背景的积极进取既不怕什么失望，也不怕什么失败，则明知向前进取尚有上面所谓“例外”者可得，坐而不动则永在上面所谓“常例”者之中，两相比较，还是以进取为得计；况且进取即不幸，至多如未进取时之一无所获，则本为消极的意料中所固有，静以顺受，无所怨怼。所以我说“消极中的积极”能给我们以大无畏的精神和勇往迈进的勇气；只有不怕失望不怕失败的人才有大无畏和勇往迈进的精神。

我个人对于人生就以消极为背景，我深信有了以消极为背景的人生观，然后对于事业才能彻底的积极干去。我记得陈畏垒先生在他所做的《人生如游历的旅客》一文里有这样的几句：“我们此地不能讨论到世界的原始和宇宙的终极，但是我们每一个小我的人生，所谓‘上寿百年’，年寿上是有限制的，古人说‘视死如归’，虽没有说归于何处，而大地上物质不灭的原则是推不翻的，我们不必问灵魂的有无，我们可以说我们最后的归宿便是形体气质——仍归于所自生的世界。宗教家言所谓来处来，去处去，我们要改为来处来，还从来处去。承认了这一个前提，那么我们自少而壮而老这一段生存的时间，岂不是和‘旅行’没有两样？”我完全和他表同情，我所以对于人生以消极为背景，也是因为感觉“每一个小我的人生”在“年寿上是有限制的”，“我们最后归宿”都不免“形体气质——仍归于所自生的世界”。有了这样的感觉，我们便应该明澈的了解：我们所能做的事只有竭尽我们的能力，利用我们的机会和“生存的时间”，能为社会或人群做到哪里算哪里，决用不着存什么“把持”或“包办”的念头。再说得明白些，有一天给我做，我就欣欣然聚精会神的干去；明天不给我做，也不心灰，也不意冷。为什么呢？因为我想得穿了，我横竖要“仍归于所自生的世界”，我只能有一日做一日，有得做便做，没得做便找些别的做；我做了三十年四十年，或做了数天数年，在人类千万年的历史上有什么差异？如能给我多做几年或几十年，只要我做得好，在此有得做的时期内，已有人受到我的多少好处；做到没得做的时候，要滚便滚。有了这样的态度，便能常做坦荡荡的君子，不至常做长戚戚的小人；不但失望失败丝毫不足以攖吾心，就是立刻死了（奋斗到死，不是自寻短见的死），也不算什么一回事。

反过来想，就是有些成就，以我们在“年寿上是有限制的”“一个小我的人生”，其所作为在人类千万年历史上的事功里，所占地位之微细或犹不及沧海之一粟，只有尽我有涯之生向着无穷尽的路上前进，做多少算多少，有何足以自傲之处？所以我说“消极中的积极”能使我们永远不至自满，永远不至发生骄矜的观念，因为只有能把眼光放得远的人才能“矫首望八荒，乾坤一何大，安荣无遽欣，患难无遽憝”。（曾文正《不求》诗中语①。）

（原刊 1929 年 9 月 22 日《生活》周刊第 4 卷第 43 期）

① 曾文正：即曾国藩，他谥号“文正”。

明哲保身的遗毒

富有阅历经验的老前辈，对于出远门的子弟常叮咛训诲，说你在轮船上或火车上，如看见有窃贼或扒手正在那儿偷窃别个乘客的东西，你不但不可声张，并且要赶紧把眼睛往旁急转，装作未曾看见的样子，免他对你怀恨。这样几句很平常的寥寥“训话”，很可以表示传统观念遗下来的“明哲保身”的精神。

有了这种精神浸润充盈于大多数国民的心理，于是大多数国民便只知有身，不知有正谊公道，不知有血气心肝，不知有国，不知有民族。所以当八国联军攻破京津时，顺民旗随处高悬；当联军占据北京时，该处绅士至请联军统帅瓦德西大看其戏，优礼迎迓；当天津尚在八国联军手里，该地绅士居然歌功颂德，鼓乐喧天的恭送匾额给德国将帅。所为者何：亦不外乎明哲保身而已矣！

对外存着这种明哲保身的态度，简直只要这条狗命可得忍辱含垢活着，国家尽管受侮，民族尽管受辱，都可以淡然置之，泰然安之，因为这种人所求者只不过明哲保身而已矣！对内存着这种明哲保身的态度，贪官污吏尽管横行，武人祸国尽管内乱，做国民的却尽管袖手旁观，各人只要一时苟延残喘，什么话都不敢说，什么意见都不敢提了。发了财的舆论机关，号称民众口舌，只要极简单的做几句模棱两可不着边际不痛不痒的社论或时评，所沾沾自喜者，每年老板可有二十万三十万的盈余下腰包，以不冒风险为主旨，拆穿西洋镜，亦不过明哲保身而已矣！

全国对内对外大家受着明哲保身的遗毒，以只顾自己一条狗命的苟延残喘为唯一宗旨，于是结果如何？在内则纵任少数人之倒行逆施，斫伤国脉，兵匪遍地，民不聊生，死于天灾者动辄以数百万人计，死于兵祸者动辄以数十万人计，这种死路都是大家但求明哲保身之所赐！在外仅就近事言，济南之变，白受日人惨杀的中国国民几何人？这种死路至少也是大多数国民对内对外人人但求明哲保身所直接间接酿成的惨剧！

最近上海由中国人开的大光明戏院开演侮辱中华民族的有声电影《不怕死》，洪深先生激于义愤，当场对观众演说，该院总经理中国人高镜清先生先则嗾使其所雇西人经理加以侮辱殴打，继则传唤其所恃西捕老爷加以拘捕管押，大概高先生也是深明中国人明哲保身的心理，自信很有把握，初不料洪先生却不是一个谙于明哲保身道理的人！我并觉得我国不谙明哲保身的人太少了，所以引起上面所说的一大拖感触，以为做今日内忧外患的中国人，应该人人养成不怕死的精神，为主持正谊公道，为力争国家民族的荣誉生存，就是一死也心甘意愿。其实做今日的中国人已经生不如死，就是这样的死去，反可以救救以后未死将死的许多惨苦同胞。我们要人人铲除明哲保身的遗毒；要把自己个人的生命看得轻，所属民族的荣存看得重；否则生不如死，何贵乎生？

历史上杀身成仁慷慨赴义的志士先烈，他们心性里最缺乏的成分是明哲保身的遗毒，最充分的是不怕死的精神——为主持正谊公道，为力争国家民族的荣誉生存不惜一死的精神。我国人受明哲保身的遗毒太多了，四万五千万国民里面具有这种不怕死的精神者能渐渐增加若干人，即中国起死回生的希望能渐渐增加若干程度。

（原刊 1930 年 3 月 16 日《生活》周刊第 5 卷 14 期）

忘　名

“三代下惟恐不好名”，一个人知道好名，他便要顾到清议，想到舆论，不敢肆无忌惮，不要脸的人当然更是不要名的人，所以好名原来不是一件什么坏的事情，有的时候也许是一种很有效的兴奋剂，督促着人们向正当的路上前进。所以我们对于好名的人，并不要劝他们一定要把好名心去掉，不过要劝他们彻底明白“名者，实之宾也”，要“实至名归”的名才靠得住。像因发明“相对论”而名震寰宇的德国科学家安斯坦[①]，他的名是实实在在的有了空前的发明，引起科学界的钦服，才有这样的结果，并不是由他自己凭空瞎吹出来的。你看据他的夫人说，他生平是极怕出风头的，极怕有人替他作广告的，甚至有人把他的相片登在报上，他见了竟因此不舒服了两天。可见他的名是他的确有实际的事业之自然而然的附属产物，并不是虚名，在他当初原无所容心。惟其有“实”做基础的“名”，才有荣誉之可言；若是有名无“实”的“名”，别人依

① 安斯坦：今通译爱因斯坦（1879—1955），美国物理学家，相对论的提出者。

你的“名”而要求你的“实”，你既然是本无所谓“实”，当然终有拆穿的时候，于是不但享不着什么荣誉，最后的结果，只有使你难堪得无地自容的“丑”。俗语谦词有所谓“献丑”，不肯务“实”而急急于窃盗虚声的人，便是拼命替自己准备“献丑”，这是何苦来！

我们并不劝好名的人不要好名，只希望好名的人能在“实”字上用工夫，既如上述：但是照我个人愚妄之见，一个人要享受胸次浩大的愉快心境，要不为“患得患失”的愁虑所围困，则热衷好名远不如太上忘名。

我们试彻底想一想看，“名”除了能满足我们的虚荣心外，有多大的好处？我常以为我们各个人的价值是在能各就天赋的特长分途对人群作相当的贡献，作各尽所能的贡献，我有一分实际能力，干我一分能力所能干的事；我有十分实际能力，干我十分能力所能干的事。有了大名，不见得便把我所仅有的一分能力加到十分；没有大名，不见得便把我所原有的十分能力缩到一分。我但知尽我心力的干去，多么坦夷自在，何必常把与实际工作无甚关系的名来扰动吾心？

美国著名飞行家林德白因飞渡大西洋的伟绩而名益噪①，乃至他随便到何处，都有新闻记者张望着，追询着，甚至他和他的新夫人度蜜月，都要千方百计的瞒着社会，暗中进行，以避烦扰。这是大名给他的好处！

美国前总统现任大理院院长的塔虎脱②，最近因为生了病，动身到加拿大去养病。他原已病得走不大动，坐在一个有轮的靠椅上，用一个人推到火车站去预备上火车。他既是所谓名人，虽在养病怕烦之中，仍有许多新闻记者及摄影者包围着大摄其影，虽然经他再三拒绝，还是不

---

① 林德白：今通译林白（1902—1974），美国飞行家，1927 年单人驾驶单翼飞机不着陆飞越大西洋。

② 塔虎脱：今通译塔夫脱（1857—1930），美国第 27 任总统。

免，他临时气急了，勉强跑出了椅子，往火车上钻，一面摇着手叫他们不要跟上。这也是大名给他的好处！

我们做无名小卒的人，度蜜月也好，养病也好，享着自由自己不觉得，谁感觉到他们的许多不便利？身前的名对于我们的本身已没有什么增损，身后的名则又如何？杜甫《梦李白》诗里说“千秋万岁名，寂寞身后事”，死后是否有知，我们未曾死过的人既无从知道，又何必斤斤于“寂寞”的“身后事”？况且身后的名，于我们的本身又有什么增损？例如生在二千四百七十二年前的孔老夫子，他自有他的价值，他生时自有他的贡献，后来许多帝王硬把他捧成“独尊”，现在有许多人硬要打倒他；或誉或毁，纷纷扰扰，他在死中是否知道？于他本身又有什么增损？

蔡孑民先生有两句诗说“纵留万古名何用？但求霎那心太平”，我觉得可玩味。我们倘能问心无愧，尽我心力对社会有所贡献，此心便很太平，别人知道不知道，满不在乎！有了这样的态度，便享受得到胸怀浩大的愉快心境，便不至为“患得患失”的愁虑所围困，所以我说热衷好名远不如太上忘名。

（原刊1929年10月6日《生活》周刊第4卷第45期）

信　用

一个人的信用可丧失于一朝一夕一事一语，但培养信用却在平日之日积月累，而不能以一蹴几，故欲凭空一旦取人信用是不可能的事情。明乎此点，则欲求人之信用而不注意于平日自己之言行者实为莫大之愚妄。其次则信用须由“实行”获得，而非可藉“空言”窃取。嘴里尽管说得天花乱坠，像煞有介事，最初一次至多不过引人注意，然闻者注意之后即随之以事实上的推察，一次空言，令人怀疑，二次三次空言，则注意且不能唤起，更何有于信用？明乎此点，则欲求人之信用而仅以空言搪塞或敷衍者亦为莫大之愚妄。综述上意，信用之养成须经过相当的时期与确凿的事实。苟在所经过的时期与事实方面果有以取信于人，则人之予以信任乃自然的倾向，无所用其作态或自己挂在嘴巴上吹着，因为信用之为物必经过时期与事实之证明，不是摆在面孔上或挂在嘴巴上的东西。

人民对于执政当局的信用也有一样的途径。为政者在所经过的时期中与所经过的事实中，果能廉洁奉公，为国尽瘁，确无贪婪之行为，果无亲戚私党把持盘踞作威作福搜刮脂膏奢侈恣肆的迹象，使爱者痛心，仇人快意，则虽默而不言，人民的信用自在，否则虽言者谆谆，听者藐藐，所说的话都是白说的。这个时代虽似乎是专会埋怨别人的时代，但记者却以为须痛下一番反省的工夫。敌人不足畏，自己和自己的左右最可畏。信用是要由自己在经过的时期与经过的事实中造成的，有公开的事实与人以相见，敌人虽悍，无所施其技。

（原刊1930年8月24日《生活》周刊第5卷第37期）

自觉与自贱

自觉心是进步之母，自贱心是堕落之源，故自觉心不可无，自贱心不可有。本期沧波君自英通讯，提起我国驻外的公使馆领事馆，有的连牌子都不愿挂，国旗都不愿悬，这种习惯是否已普及于我国驻外的外交机关，虽不可知，但有此事实之发现，已足引起国人的注意。我们试分析这种心理，实含有自己看不起自己的祖国，自己不愿做中国人的意味。试再作进一步心理上的分析，便知这是发生了自觉心以后的自贱心。以堂堂代表一国的外交官，乃具有这种自贱心，已属可痛，而依默察一般人所得，深恐这种变态的心理不仅限于所谓外交官也者。这种潜伏的祸根，苟非铲除净尽，则我们的民族前途实祸多而福少，进步减少希望而堕落的路愈跑愈远。

所谓自觉心，简言之，即自觉有何长处，便当极力保存而更发扬光大；自觉有何短处，便当极力避免而更奋发有为。自觉心所以能成为进步之母者，即在乎此，若自觉有所短而存着自贱的心理，便是自甘永居卑劣的地位，所得的结果是颓废，不是进步。

我国在此混乱时代，当然有许多不满人意的地方，我们所该努力的方向是要靠我们自己群策群力把不满意的地方使它变成满意，否则你尽管不愿做中国人，终究是中国人，不愿挂中国牌子，不愿悬中国国旗的中国公使或领事，不见得就因此一跃而为其他什么特别出风头国家的大公使或大领事；不见得就因此可以获得别人的特殊尊重。想穿了这一点，我们自觉之后，只用得着自奋，用不着自贱。我们当光明磊落泰然坦然地做中国人，尽我们心力做肯求进步的中国人。无所用其自大，亦无所用其自贱。

（原刊 1930 年 11 月 16 日《生活》周刊第 5 卷第 49 期）

有效率的乐观主义

有一个名词，个个人的脑子里都应该有的；个个人的心里都应常常想到，常常念着的，这就是“乐观主义”。一个人的目的愈远，计划愈大，他的工作所经过的途径也愈远；在前进的时候，有许多愁虑、困难、穷苦、失望，都是当然要碰到的。乐观主义的人，就是不怕这些恶魔，反而振起精神，抱着希望，向前干去！倘被恶魔所屈服，便亡了；倘能战胜恶魔，便是胜利！

凡是要做得好的事情，都不是随随便便就行的，都不是容易的。你自己要立于什么地位？要达到什么地步？情愿付什么代价？你所希望的地位或地步总在那里，不过必须先付足了代价的人，才能“如愿以偿”。沿着大成功的一条路上，有许多小失败排列着，最后的成功是在能用坚毅的精神，伶俐的眼光，从这许多小失败里面寻出教训，尽量地利用它，向前猛进。而这种“寻出”和“尽量的利用”，惟有抱乐观主义的人才能够办到。牛顿发明地心吸力学说的时候，全世界人反对他；哈费

(Harvey)[1]发明血液循环学说的时候，全世界人反对他；达尔文宣布进化律的时候，全世界人反对他；白尔(Bell)第一次造电话的时候[2]，全世界人讥诮他；莱特(Wrihgt)初用苦工于制造飞机的时候[3]，全世界人讥诮他。讲到孙中山先生，最初在南洋演讲革命救国的时候，有一次听的人只有三个。这许多人都要抱着乐观主义，极强烈的乐观主义，使他们能战胜全世界的糊涂、盲从、冷酷、恐怖、怨恨、反抗。而且工作愈伟大，所受的反抗也愈厉害，简直成为一种律令，对付这种厉害的反抗，最重要的工具是乐观主义。

有许多人以为乐观主义的人不过是"嘻皮笑脸"，"随随便便"，"一切放任"，"撒撒烂污"，"得过且过"，"唯唯诺诺"。请君切勿误信这种谬说。真正的乐观主义的人是用积极的精神向前奋斗的人，是战胜愁虑穷苦的人。这类的苦境，常人遇着，要"心胆俱碎"，"一蹶而不能复振"的；只有真正乐观主义的人才能努力奋斗，才敢努力奋斗！所以讲到乐观主义还不够，要有"有效率的乐观主义"才行。

(原刊1927年4月24日《生活》周刊第2卷第25期)

---

① 哈费：今通译哈维(1578—1657)，英国生理学家、医学家，著有《心血运动论》。

② 白尔：今通译贝尔(1847—1922)，美国发明家，电话的发明者。

③ 莱特：即莱特兄弟(兄1867—1912，弟1871—1948)，美国飞机发明家。1903年设计、制造出世界首架飞机。

集中的精力

不分散精力于许多不同的事情，专心一志于一件最重要的事业，这是现今世界上要成功的人的一种极重要的需求。在这种需要集中注意集中精力的时代，凡是分散努力不能有所专注的人，绝无成功之望。

大不同：成功者与失败者大不同之点，并不在他们所做的工作的分量，是在乎他们工作的效率。有许多失败的朋友，他们所做的事并不少，讲到量的方面，与成功的人比起来，并无逊色。但是他们却是瞎做，不晓得利用机会，不晓得由失败里面获得教训；他的大毛病就是身手虽在那里做，精神上却没精打采的，并未曾用他全副精力，专注于此，所以虽然做了，徒然白费工夫。

无目的：这种人只晓得埋头苦做，你倘若问他目的何在，他就瞠目莫知所对。我们要知道，我们要寻得什么东西，心里先要存着要寻得这东西的观念，否则物且无有，何寻之有？环集于花上的昆虫，不止蜜蜂，但是采蜜以去的只有蜜蜂。

不但用于工作：集中的精力，不但宜用于工作，就是研究学问，非集中精力，一定像走马灯一样；就是游戏，也非集中精力去玩，不能获到休养身心的良果。

说得好：钦斯来（Charles Kingsley）说得好：[①]“我专心致志于一件事情的时候，好像在世界上只有这一件事。”惟其能如此，所以关于这事的前前后后，无不留心，无不竭精殚思，便做成有智力的工作（intelligent work），不是瞎撞的事情。

小孩子：你若教一个小孩子学走路，引诱他的眼睛望着一件特殊的东西，他便精力集中，望着这件东西走，特别稳妥，特别敏捷，你倘若在各方诱他叫他，他便分散注意力，上你的当，一失足便跌了下来。这件小事很可以说明集中精力的妙用。

艺术：试就艺术说，无论什么真正的艺术，明确的目标，是其中一个重要的特色。如果有一位画画的人，他把许多观念，同时都堆入一张帆布上画了起来，并无或轻或重之处，便是画成一张乱七八糟的画，决不能成为一位画家。真正的画家，却要利用种种的变异，把一个最主要的意思托现出来，好像其他许多景物，许多光线，许多颜色，都是向着那个主要的意思为中心，共同把他表现出来。

人生：人生也是如此，所以良好和融的生活，无论才能如何广阔，学识如何丰博，一生总须有一个做中心的大目标。在此目标之下，才能学识等等都好像是附属物，共同把他逐渐表现出来，陪衬出来。

（原刊 1927 年 10 月 16 日《生活》周刊第 2 卷第 50 期）

---

① 钦斯来：今通译（查尔斯·金斯利）（1819—1875），英国作家、牧师，著有《英雄们》等。

辑二　海上拾零

船上的民族意识

记者前天（二十一日）上午写《到新加坡》那篇通讯时，不是一开始就说了一段风平浪静的境界吗！昨天起开始渡过印度洋，风浪大起来了，船身好像一蹲一纵地向前迈进，坐在吸烟室里就好像天翻地覆似的，忍不住了，跑到甲板上躺在藤椅里不敢动，一上一下地好像腾云驾雾，头部脑部都在作怪，昨天全日只吃了面包半块，做了一天的废人，苦不堪言。今天上午风浪仍大，中午好了一些，我勉强吃了一部分的中餐，下午吸烟室里仍不能坐。写此文的时候，是靠在甲板上的藤椅里，把皮包放在腿上当桌子用，在狂涛怒浪中缓缓地写着，因明日到科伦坡待寄，而且听说地中海的风浪还要大，也许到那时，通讯不得不暂搁一下。

船自新加坡开行后，搭客中的中国人就只剩了七个。黑色的朋友上来了十几个（印度人），他们里面的妇女们手上戴了许多金镯，身上挂了不少金链，还要在鼻孔外面的四处嵌上一粒金制的装饰品。此外都是黄毛的碧眼儿。有一个嫁给中国人的荷兰女子，对于中国人表示特别好感，特别喜欢和中国人攀谈。

同行中有一位李君，自己带有一个帆布的靠椅，预备在甲板上自己用的，椅上用墨写明了他的中西文的姓名，以作标志。前天下午他好端端地，舒舒服服地躺在上面，忽然来个大块头外国老太婆，一定要把他赶开，说这个椅子是她的。李君把椅上写明的姓名给她看，她不肯服，说他偷了她的椅子，有意写上自己的姓名！于是引起几个中国人的公愤，我们里面有位甲君（代用的）尤其愤激，说："中国人都是做贼的吗？这样的欺侮中国人，我们都不必在国外做人了！这还了得！"我看他那一副握拳擦掌，切齿怒目的神气，好像就要打人似的。还有一位乙君持极端相反的意见，他说："中国人出门就准备着吃亏的。"又说："自己不行（指中国），有何话说！"他主张不必认真计较。当时我刚在吸烟室里写文章，他们都仓皇地跑进来告诉我，我说老太婆如不讲理，可将情形告诉船上的管事人，倘若她自己也带了一张椅子，因找不到而误认的话，可叫管事人替她找出来，便明白了。后来果然找到了她自己的椅子，对李君道歉，而且觉得很难为情。听说她原有几分神经病，甲君仍怒不可遏，说不管有没有神经病，总是欺侮中国人，于是他仍旧狠狠地热血沸腾地对着这个老太婆加了一番教训，并在背后愤愤地大说乙君的闲话。

中国人到国外易于被人凌辱，却是一件无可为讳的事实。理由很简单，无非是国内军阀官僚们闹得太不像样，国际上处处给人轻视，不但大事吃亏，就是关于在国外的个人的琐屑小事，也不免受到影响。例如船上备有浴室，如遇着是中国人正在里面洗浴，来了一个也要洗浴的西人，往往打门很急，逼着速让，那种无理取闹的举动，虽限于少数的"死硬"派，无非含有轻视中国人的意味。

不过有的时候也有自己错了而出于神经过敏的地方。此次同行中有一位同胞（赴外国经商的），说话的声音特别的响亮，极平常的话，他都要于大庭广众前大声疾呼。除登台演说外，和一两人或少数人谈话原不必那样卖力，但是这位仁兄不知怎样成了习惯，不开口则已，一开口就非雷鸣不可。这当然易于惹人厌恶，我曾于无人处很和婉地提醒他，请他注意，他“愿安承教”了，但过了一天，故态复萌，有一夜他在房里又哗啦哗啦起来，被对房睡了觉爬起来的一个德国人跑过来办交涉，他事后愤然地说，在自己房里说说话有什么犯法，他觉得这又是选定中国人欺侮了！

自“九一八”中国暴露了许多逃官逃将以来，虽有马占山部及十九路军的昙花一现的暂时的振作，西报上遇有关于中国的漫画，不是画着一个颟顸大汉匍匐呻吟于雄赳赳的日军阀枪刺之下，便是画着前面有一个拖着辫子的中国人拼命狂奔，后面一个日本兵拿着枪大踏步赶着，这样的印象，怎能引起什么人的敬重？至于外国人中的“死硬”派，那更不消说了。这都是“和外”的妙策遗下的“好现象”！

到国外每遇着侨胞谈话，他们深痛于祖国的不振作，在外随时随地受着他族的凌辱蹂躏，呼吁无门，所表示的民族意识也特别的坚强，就是屡在国外旅行的雷宾南先生，此次在船上的时候和记者长谈，也对此点再三的注意，可见他所受到的刺激也是很深刻的。我说各殖民地的民族革命，也是促成帝国主义加速崩溃的一件事，不过一个民族中的帝国主义的附属物不铲除，为虎作伥者肆无忌惮，民族解放又何从说起呢？这却成为一个先决问题了。

一九三三年七月二十三日，佛尔第号船上，自科伦坡发

海上拾零

记者自七月十四日上船迄今两星期了，在这汪洋大海的孤舟上，对于国内时事消息完全隔离，直等于一个瞎子或聋子。同行中有某君说过几句颇妙的话，他说出国旅行于健康上很有好处，这句话听去似很平常，但是他再解释下去的话却颇特别，他说在国内最损害健康的事情莫过于每天的看报！所看到的关于国事的种种新闻，无论是关于外交，或是关于内政，总是使你看了不免“发昏章第十一”[①]；如在饭后看了，便有害于你的消化，如在睡前看了，往往使你发生失眠症，这都和你的健康有害；出国之后，好了，什么都不看见，什么都不知道，吃饭也容易消化，睡觉也容易舒畅。这位朋友从前是到过外国留学的，他说在外国看报，最怕的是看到关于中国的新闻，因为偶尔遇着，不是某军阀和某军阀又打起仗来了，便是什么地方又发生了绑票案子，使你看着白白地生了一顿气，别无结果。某君的这些话似乎都能言之成理，照他这样说，记者

① 指昏头昏脑的风趣话。

现在是再快乐没有的了。但事实上却不然，因为你尽管耳不闻目不见，糟糕的国事和凄惨状况仍然存在，并不因此而消灭，而且一出国门，置身异地，夹在别国人里面，想念到自己国内的乌烟瘴气，所感到的苦痛只有愈益深刻。所以在途中所感到的苦闷，和在国内每日看着怄气的报纸并没有两样。

船将要离开孟买的时候，发生了一件气人的事情。船停泊在码头，时有印度人拿着一大堆西文的各种杂志到船上兜售。我正坐在甲板上一个藤椅里静悄悄地闲看着，忽然从吸烟室里走出一对英籍夫妇，后面跟着他们的一个十六七岁袒胸露臂的女儿。那个英国妇人气愤地询问着谁曾看见一个售卖画报的印度人，说他曾在船上无人处碰了她的女儿；正在这个当儿，刚巧有一个售画报的印度人走过，便被那英国人不管三七二十一，举起手就打，那印度人抱头而逃。其实上船售卖画报的印度人有好几个，挨打的是否就是“碰”的那一个，就是“碰”了，是怎样“碰”的，是否出于有意，都不可知，只因为他既不抵抗，只知道逃，也就稳得了他的罪名了！

二等舱中有叶滚亨君，福建莆田人，系爪哇侨商，亲送他的一个十八岁的儿子赴德学习化学工程和一个十九岁的女儿赴德学习医科，听说记者也在船上，特来晤谈。据说爪哇大宗商业都在华侨掌握中，对祖国原极热心，淞沪抗日之战，以三十万人侨胞所在的爪哇一处，捐款达八百余万元，其踊跃输捐，可以想见，但现在侨胞对国事却已觉得心灰意冷了！

叶君对国内的教育，尤为沉痛地批评，他说荷兰人对于青年的科学知识，异常认真，尤其是算学、理化等科，教授非常严格，在小学中对这类基本自然科学还没有充分合格，即不许入中学，中学升大学亦然。他去年回福州一趟，见号称大学的某校，其所用课本的程度仅及荷人所办的初中，如此徒务虚名，不求实际，他叹为徒然误人子弟。叶君所慨叹的事实，记者虽不知其详，但我国教育之徒务表面，关于基本知识之马虎，使学者缺乏缜密切实的科学训练，实属无可为讳的现象，不过记者老实告诉他，这也不是局部的问题。现在的国事弄得这样糟，青年们触目惊心，时时受到悲痛的刺激，怎样能使他们安心于什么实学？其次，在现在的状况下，就是有了真才实学，用到什么地方去？有哪一件真属建设的事业容纳得了若干人才？况且封建势力的遗毒弥漫于各处——尤其是和政治有多少牵连的事业，有了狐亲狗戚的靠山，阿猫阿狗都得弹冠相庆，否则什么都无从说起！实际的环境如此，要想用空言劝告青年如此这般，岂不等于石沉大海，于事实上哪有丝毫的效用？

同行中有位出声如雷鸣的旅伴，记者曾在通讯里提过他，因为关于他的故事，不无幽默的意味，所以还是把他当做无名姓妥当。这位"雷鸣"先生，在漫漫长途中倒供给我们以不少的有趣的谈资。他除有"大太太"外，还有一位"二太太"，他的"大太太"，听他的口气，大概是个土老儿，"二太太"却是个千娇百媚的女学生，因留在家里，使他怀念不止，动不动就想到"二太太"，大家也常常提起"二太太"和他说笑。这里却有个小小的难题，他的"大太太"无论如何不愿正式离婚，此事未办妥，"二太太"总觉得在名义上不称心，于是这位"雷鸣"先生天天感到心神不宁，三番五次地和我商量，一定要我替他想个办法。我说依现行法律，女子一嫁就有法律上的保障，除她和你同意办到协议离婚外，你倘无法律上认可的充分理由，实想不出什么办法。他气极了，悻悻地说："好！我就算多养一只狗就是了！"他这句话虽近乎戏语，但却使我得到一个很深的感触，就是呆板的法律所能为妇女——在经济上不能自立的妇女——保障的，至多是物质生活的勉强维持，无法救济精神上的裂痕。

七月三十一日上午，佛尔第号船上，八月三日到苏伊士付寄

月下中流——经苏伊士河

我们原定办法，由意轮船公司招待搭客往埃及首都开罗游览，愿去的每人缴费六镑半，汽车、火车及午晚餐食等在内，三日上午由苏伊士城出发，可于当晚十点钟到塞得港(PortSaid)上原船继续前行。六镑半合华币在百圆左右，为数不能算小，但同行的好几位都觉得机会难得，不愿错过；我也觉得在小学时读历史，就看到书本上画着埃及金字塔和人首狮身“Sphinx”的像，虽行囊悭涩，到此也硬着头皮随众报名缴费。满心以为四千年的胜迹即在目前，不料二日下午得到取消的消息，虽省了百圆，却感到无限的失望和惆怅，也许此生就永远没有第二次的机会，因为我回国时想走陆路。

八月三日下午六点钟，船到苏伊士城，仅停一小时，不靠岸，有几只送客登轮的小火轮和几只小船泊在佛尔第号的船旁，十几个阿拉伯人爬上来兜售报纸、画片及其他杂物，搭客都拥聚在甲板上购买，我也买了两打关于开罗名胜及苏伊士河的景物相片，寄给本刊。

记者此次虽很失望地未曾到开罗去游览，但三日夜里经过苏伊士河的情形，却给我以悠然意远的印象。此时一轮明月高悬，蔚蓝的青天净洁得没有丝毫的渣滓，清风吹来，爽人心脾，搭客们多聚在船头特高的甲板上远瞩纵览。只见船的两边都是一望无际的沙漠，右为亚洲，左为非洲，离船大都不过十几尺或几尺。船头前排着两盏好像巨眼的大电灯，射出耀目的光线，使前面若干距离内的河身好像一片晶莹洁白的玉田。在狭隘的运河中特别显得庞大的船身徐徐地向前移进，假如不看前面而仅望左右，又恍若一辆奇大无比的汽车在广阔无垠的沙漠上缓缓前驶似的。这夜记者在甲板上凭栏静眺，直看到十二点钟，才进到卧室里去睡觉，在睡梦中还好像明月清风，随我左右。沟通红海和地中海，缩短欧亚海行路线的这条苏伊士运河，经法人勒赛普斯和无数工人十四年的辛勤劳力，中间战胜过无数次的破坏和种种困难，才于一八六九年十一月十七日正式开幕，距记者于月夜静寂中通过此河的今日，已六十四年了。这条运河长八十八里，阔从一百码至一百七十五码，原来估价需二万万法郎，后来用到四万万法郎，约等于一千四百万金镑，合现价在二万万圆以上了。一半资本在法国募得，其他一半几全为当时埃及总督塞氏所买，后来他把股子卖给英国政府，于是英政府在管理上便握有大权了（当时塞氏赞助勒赛普斯的计划甚力，现在苏伊士河尽头的塞得港，意即“塞氏港”，就是为纪念他而取名的）。

说到起意要建造苏伊士运河的，颇有趣的是要轮到法国一世之雄的拿破仑。他在一七九八年进攻埃及时，忽想到要造一条运河通红海，便任命一个工程师名叫勒伯尔的视察并报告研究的结果。这个工程师奉命执行了，他的报告虽承认这个计划有种种的利益，但是宣言红海和地中海的水面不平等，要在地中海沿岸筑海港是一件不可能的事情，于是作罢。不料这就隐隐中种了今日苏伊士运河的种子。在此三十七年后（一八三六年），勒赛普斯被任为亚历山大的代理领事，到该埠时，所乘的船因查疫停顿，搭客不得即行上岸，他于无聊中展阅朋友送给他的几本书，里面有一本是勒伯尔的笔记，竟引起他对建造这条运河的浓厚兴趣，终靠他百折不回的努力，造成在亚欧航行上开辟新纪元的苏伊士运河。

八月四日晨走完了苏伊士运河而达到塞得港。有半天的停泊，虽不靠岸，但意轮船公司有小火轮运送搭客上岸及回船，也很便利。记者便和同行的张、周、郭、李诸君同上岸一游。道路很平坦广阔，房屋虽属洋房式子，而且一来就是五六层，但在前面总是用木料造成突出的一部分，好像露台似的，围满着各种花样的窗户。街上遇着的都是穿着长袍，戴着和土耳其人一样的帽子的男子，妇女除极少数穿西装的以外，大多数是头披黑纱，鼻以下部分也用黑纱围着，额前还挂着一个黄色木制像小塔的装饰品垂到鼻上。这也可见该处妇女解放还在什么程度了。我们参观了一个回教教堂，里面地上用草席铺着，正殿用绒毯铺着地，到门口时须在鞋上套着草包似的套鞋，才得进去。听说一般人民每天须到各教堂洗手洗脚祷告五次。该教堂里有个引导参观的人，对我们大讲教义，引到里面一个狭弄里的时候，向我们要钱，给一个先令，不肯休，加一个，才了事。我们都觉得虽听他讲了一些教义，却被他敲了一个竹杠！在教堂里最注目的，是那班祷告者跪在地上高举两手，用足劲儿向下拜的那副神气。我们出门时望望脚上所套着的那双草包式的套鞋，倒也觉得奇特，便用所带的摄影机拍了两张照。

我们五个人共乘着一辆马车，做了一番马路巡阅使（塞得港满街马车，汽车极少）。其实塞得港没有什么名胜可看，原也只有几条街市供游客兜几个圈子。此外还值得一记的有两件东西：一个是巍然屹立河边的勒赛普斯的铜像，连座共高五十七尺；一个是一百八十四尺高的石造灯塔，夜里每十秒钟显露强烈白光一次，在海上二十哩[①]距离以内都看得见。

一九三三年八月五日，上午，佛尔第号船上

① 哩，英美制长度单位，一哩等于 5280 英尺，合 1609 米（中国大陆地区已停用此字，写作“英里”）。

海程结束

今天(八月六日)下午二点钟,佛尔第号可到意大利的布林迪西(Brindisi),算是到了意大利的第一商埠,明天中午可到该国名城威尼斯(Venice),那时记者离船上岸,此次近三万里的海程便告一结束了。佛尔第号定于八月十二日由意开行,九月五日可到上海,记者的这篇通讯刚巧可由这同一的船寄达上海,这也是最迅速的一法。记者此次乘这只船出去,《海程结束》的这篇通讯又可乘这只船回来,可说是无意中的怪有趣的凑巧。

在这将要离船的前一天,我想把在船上的零星观感随便地提出来谈谈。

记者过印度洋和阿拉伯海时,因遇着飓风,吃了几天大苦头,好像生了病一样,对什么都兴味索然。自从八月一日以来,尤其是昨今两天,气候温和,月露风清,船身平稳,我的脑部治安完全恢复,又活动起来了,对船上的各种人、各种事物,冷眼旁观,也饶有趣味。船每到一埠,便有一批人离船登岸,同时又有一批人上来,好像实验室里用完了一批材料，时时有新材料加入供你放在显微镜下看看，或试验管里试试。

在船上可供你视察的，有各国各种人同时“陈列”着任你观看。记者此次所遇着的除几个同国人外，有意大利人，德国人，英国人，美国人，法国人，奥国人，荷兰人，比利时人，印度人，乃至爪哇人，马来人等（不过日本人一个都没有，有人说他们非本国的船不坐）。架子最大，神气最足的要推英国人，他们最沉默，最富有不睬人的态度，无论是一个或是几个英国人坐在一处，使你一望就知道他们是“大英帝国的大国民”！最会敷衍的要算美国人，总是嬉皮笑脸，充满着幽默的态度。大概说起来，各国或各民族的人，或座谈，或用膳，都喜与本国或本种人在一起，这也许是由于语言风俗习惯的关系。在孟买下船后，来了几十个印度籍的男女，大多数是天主教中人，赴罗马朝见教皇去的。他们很少和西人聚谈，有一边的甲板上全被他们坐满了，看过去就好像是印度区似的。里面有好几个“知识分子”，对记者谈起被压迫民族的苦痛，都很沉痛，每每这样说道：“我们是在同样的政治的船上啊！”（他们都是用英文和记者谈，原句是：“We are in the same political boat!”）中国在实际上不是帝国主义的殖民地吗？所以记者对他们这句话只有悲慨，没有什么反感。

谈起船上的印度人，还有一件似乎小事而实含有重要意义的事情。在二等舱里有三四个印度搭客（记者所乘的是“经济二等”，略等于他船的三等，这是非正式的二等），都是在印度的大学毕业，往英国去留学的，有的是去学医，有的是去学教育。他们里面有一个在浴室里洗浴刚完了时，有一个英人搭客跑进来，满脸的不高兴，对着浴盆当面揶揄着说道：“牛肉茶！”（beef-tea!）意思是讥诮印度人的龌龊，其实就是存心侮蔑他。从此这几个印度人都不愿到浴室里去，但他们“饮泣吞声”的苦味可以想见了！

据记者观察所得，大概在东方有殖民地的西人，尤其是亲身到过他们在东方殖民地的西人，对东方民族贱视得愈显露。他们大概还把自己看做天人，把殖民地的土人看做蝼蚁还不如！船上有一个在印度住了二十几年的英国工程师，和记者有过一次谈话，便把印度人臭骂得一钱不值。

有从爪哇赴欧的华侨某君，谈及爪哇情形颇详。爪哇荷人约二十万人，华侨约三十万人，土人有三千五百万人，最有意思的是他说住在阔绰旅馆的荷人，每人每日生活费需二十五盾（每盾合华币二圆），而土人每日每人的生活费只需一角（十角一盾），这样，一个荷人一日的生活费竟等于二百五十个土人一日的生活费了！又据说该地政府对于人口检查最严的是知识分子和书籍，如果你是个什么大学毕业生，那就必须关在拘留所里经过一番详慎的审问查究，尤其怕得厉害的是××主义，因为三千五百万的土人如受了煽动，起来反抗，那还了得！他说最好你什么书都不带，只带一本《圣经》，那就很受欢迎！这位侨胞自称是个教徒，他这句话大概是含有赞美《圣经》的意味，但在我们看来，对于这样独受特别欢迎的《圣经》就不免感慨无穷了！

八月四日下午船由塞得港开行后，忽然增加了五百左右的男女青年，年龄自八岁至二十岁，女子约占两百人，男、女分开两部分安顿。青年总是活动的，在甲板上叫嚣奔跑，成群结队地乱闯着，好像无数的老鼠在“造反”，又好像泥堆上的无数蝼蚁在奔走汹涌着。原来他们都是在埃及的各学校里的意大利青年，是法西斯青年党员，同往罗马去参加该党十周年纪念的。男的都穿着黑衫，女的只穿白衫黑裙。这班男女青年的体格，大概都很健康，一队一队女的，胸部都有充分发达的表现，不像我国女子还多是一块板壁似的，不过说到他们的真实信仰，却不敢说。记者曾就在他们里面选几个年龄较大的男青年谈谈，有的懂法文，有的懂英文，问他们是不是法西斯党员，答说是；问他们什么是法西斯主义，答不出；不过他们都知道说墨索里尼伟大，问他们为什么伟大，也答不出；只有一个答说，因为只有墨索里尼能使意大利富强；我再问他为什么，又答不出！其实法西斯主义究竟是什么，就是它的老祖宗墨索里尼自己也不很了解，不能怪这班天真烂漫的青年。

一九三三年八月六日，上午，佛尔第号船上，七日到威尼斯付邮

威尼斯

八月六日下午四点钟，佛尔第号到意大利的东南海港布林迪西，这算是记者和欧洲的最初的晤面。该埠不过因水深可泊巨轮，没有什么胜迹可看，船停仅两小时，记者和几位同行的朋友却也上岸跑了不少的路。像样的街道只有一条，其余的多是小弄，在海边上虽正在建筑一个高大的纪念塔，但我们在街上所见的一般普通人民多衣服褴褛，差不多找不出一条端正的领带来。我们穿过好几处小弄，穷相更甚。有好几处门口坐着一个老太婆，门内挂着花布的帘子，时有少妇半裸着上身探首帘外向客微笑，或曼声高唱；她们用意所在，我们大概都可以猜到。

八月七日下午，到世界名城之一的威尼斯。同行中有李汝亮君和郭汝桶君（都是广州人）赴德留学，李君的哥哥李汝昭君原已在德国学医，特趁暑假到威尼斯来接他的弟弟和他的老友郭君，并陪他们游历意大利。记者原也有游历意大利重要各地的意思，便和他们结作旅伴，同行中赴德学医的周洪熙君（江苏东台人）听说在八月底以前，意大利在罗马举行法西斯十周年纪念展览会三个月，火车费可打三折，也欣然加入，于是我们这五个人便临时组成了一个小小的旅行团。到威尼斯时，李汝昭君已在码头相迎，我们便各人提着一个手提的小衣箱上岸，介绍之后，才知道李君的哥哥也是本刊的一位热心读者，这个小小的旅行团也可以说是一小部分的“《生活》读者旅行团”了。我们先往一个旅馆里去过夜。两李一郭住一个房间，记者同周君住一个房间，第一天便开始游览。有伴旅行，比单独一人旅行，至少可多两种优点：一是费用可以比较的经济；二是兴味也可以比较的浓厚。

在太平洋未取地中海的势力而代之的时候，威尼斯实为东西商业贸易上最重要的一个城市，在世界史上出过很大的风头，现在是意国的一个重要的商埠和海军军港，在港口禁止旅客摄影，同时也是欧美旅客麇集之地。该城不大，约二十五里长，九里宽。第一特点是河流之多，除少数的几条街道外，简直就把河当做街道，两旁房屋的门口就是河，仿佛涨了大水似的。我国的苏州的河流也特多，有人把我国的苏州来比威尼斯，其实苏州的河流虽多，还不是一出门口就是河。以这小小的威尼斯，除有一条两百尺左右阔的大运河像S字形似的贯穿全城外，布满全城的还有一百五十条小运河，上面架着三百七十八条桥（大多数是石造的，下有圆门），我觉得这个城简直就可称为“水城”。除附近的一个小岛利都（Lido）上面有电车外，全城没有一辆任何形式的车子，只有小艇和公共汽船；小艇好像端午节的龙船，两头向上翘，不过没有那样长，里面有漆布的软垫椅，可坐四个人至六个人，船后有一个摇桨，在水上来来去去，就好像陆地上的马车。公共汽船的外形也好像上海马路上的电车或公共汽车，船上的喇叭声和上海的公共汽车的喇叭声一样。我们在画片上所见的威尼斯的景象，往往是两旁洋房夹着一条运河，上面驾着一条圆门的桥，河上一个小艇在荡漾着，这确是威尼斯很普遍的景象。

除许多运河外，有若干街道都是用长方形的石头铺成的，有的只有五尺宽，路倒铺得很平，因为没有任何车辆，所以石头也不易损坏，在这样的街道上摩肩接踵的男男女女，就只有两脚车——步行——可用。街道虽窄，两旁装着大玻璃窗的种种商店却很整洁。街上行人衣冠整洁的很多，和布林迪西的很不同。原来大多数都是由欧美各国来的游客，尤其多的是来自号称“金圆国”的阔佬。

威尼斯最使游客留恋的是圣马可广场和该场附近的宏丽的建筑物。该广场全系长方形的平滑的石头铺成的，有的地方用大理石，长有一百九十二码，阔自六十一码至九十码，三面都有雄伟的皇宫包围着，最下层都开满了咖啡店和各种商店，东边巍然屹立着圣马可大教堂，内外只大理石的石柱就有五百余根之多，建于9世纪。该广场上夜里电灯辉煌，胜于白昼，游客成群结队，热闹异常。在圣马可广场附近的有大侯宫(Palazzo Ducale)一座，亦建于9世纪。宫前有大广场，宫的对面咖啡馆把藤制的椅桌数百只排在沿路，坐着观览的游客无数。圣马可大教堂的右边有圣马可钟楼，三百二十五尺高，建于9世纪末年。里面设有电梯，登高一望，全城如在脚下。此外还到威尼斯城的东南一小岛名利都的看了一番，该处有世界著名的游泳场。游泳场后面的花草布置得非常美丽，游泳而出，在街上走的男女很多，女子多穿着大裤管的裤子，上面穿着薄的衬衫，有的就只挂着一条这样的大裤子，上半身除挂裤的两条带子外，就老实赤膊，在街道上大摇大摆着，看上去好像她这条裤子都是很勉强挂着似的！

自然，这班男女并不是一般意大利人民，多是本国和欧美各国的少数特权阶级，只有他们才有享用这样生活的可能。该处即为有闲阶级而设，讲究的餐馆和旅馆的设备齐全，都是不消说的。

威尼斯的景物美吧？美！记者在下篇所要记的佛罗伦萨也有它的美，但这是意大利五六百年乃至千余年前遗下的古董，我们还不能由此看出该国有何新的建设成绩。我们在许多人赞美不止的威尼斯，关于大多数穷人的区域，也看了一番，和在布林迪西所见的也没有什么两样。记者于9日就离开威尼斯而到佛罗伦萨去。

一九三三年八月十一日，上午，在罗马记

佛罗伦萨

记者于八月九日午时由威尼斯上火车，下午五时三十七分才到。充满了古香古色的佛罗伦萨(Florence)，为中部意大利最负盛名的一个城市。在中世纪罗马兴盛的时代，佛罗伦萨是它的主要的文化中心；意大利的语言、文学以及艺术，都是在此地发达起来的。所以现在该处所遗存的无数的艺术作品和在与历史发生联系的纪念建筑物，其丰富为世界所少见，于是佛罗伦萨也成为吸引世界游客的一个最有趣味的名城。

佛罗伦萨的雄伟的古建筑和艺术品太多了，记者又愧非艺术家，没有法子详尽地告诉诸友，对于艺术特有研究的朋友，最好自己能有机会到这种地方来看看。

记者在二十年前看到康有为著的《欧洲十一国游记》的《意大利》一书，就看到他尽量赞叹意国的全部用大理石建造的大教堂。此次到佛罗伦萨才看到可以称个“大”字的教堂，建于13世纪，有五百五十四尺深，三百四十一尺阔，三百五十一尺高，门用古铜制成，墙和门都有名人的绘画或雕刻，外面炎热异常，走进去立成秋凉气候。在那样高大阴暗的大堂里，人身顿觉小了许多。“大殿”上及许多“旁殿”上插着许多白色长蜡烛，燃着的却是几对灯光如豆的油灯。宗教往往利用伟大的建筑来使人感到自身的微小，由此引起他对于宗教发生崇高无上的观念，其实艺术自艺术，宗教自宗教，不能假借或混淆的。

在威尼斯和佛罗伦萨的较大的教堂前都悬有英、德、法、意四国文字的通告，列举禁例。尤其有趣好笑的有关于妇女的，例如说凡是妇女所穿的衣服袖子在臂弯以上的不许进去，颈上露出两寸以上肉体的不许进去，裙和衣服下端不长过膝的不许进去，衣服穿得透明的不许进去，大概所谓摩登女子到此都多少要发生了困难问题，这也许只好怪上帝不赞成摩登女子了！男子的禁例就只是要脱帽，自由得多。

在各教堂里所见跪着祷告的不是老头子，就是老太婆，找不出一个男青年或女青年，我觉得这是可以注意的一点。佛罗伦萨的古气磅礴的雄伟建筑物，大概不是教堂，就是城堡。城堡都是用巨石筑成，高四五层，六七层不等，上面都有像城墙上的雉堞似的东西。有许多这样的城堡都成了大商店，不过古气磅礴的石墙仍保存着。此外有最大的城堡——韦琪奥王宫(Palazzo Vecchio)里面藏着许多名油画，墙上和天花板上都是。城堡内部的曲折广深，尤令人想见最初建造时工程的浩大。这种封建时代的遗物，不知含着多少农奴的血汗！

十日午时离佛罗伦萨，乘火车向罗马进发，直到夜里十一点半才到目的地。因车上人挤，大家立了数小时。我们在佛罗伦萨参观时都是按照地图奔跑的，在火车上又立了数小时，都弄得筋疲力尽，同行的周君喃喃地说：“如再这样接连跑，只有‘翘辫子’了！”“翘辫子”不是好玩的！所以我们到罗马后，决议第二天的上半天放假，使得恢复元气后，下半天再开始奔跑。关于到罗马后的记述也许可比这一篇较有意义些，当另文奉告，现在还有几个杂感附在这里。

（一）截至记者作此文时，游了意国的四个地方，即布林迪西、威尼斯、佛罗伦萨和罗马。不知怎的他们对于黄种人就那样地感到奇异，走在街上，总是要对我们望几眼，有的还窃窃私语，说我们是日本人，同行中有的听了很生气，但既不能对每人声明，也只有听了就算了。他们何以只想到日本而不会想到中国？有人说他们觉得所谓中国人，就只是流落在国外的衣服褴褛的中国小贩，衣冠整洁的黄种人便都是日本人。这种老话，我在小学时代就听见由外国留学的人回来说起，不料过了许多年，这个观念仍然存在——倘若上面的揣测是不错的话。但是我想倘若仅以衣服整洁替中国人争气，这也未免太微末了。

（二）意大利的妇女职业已较我国发达——虽则听说比欧洲其他各国还远不能及。在旅馆里，在饭馆里，在普通商店里，职务由妇女担任的很多。记者在威尼斯邮局寄信时，见全部职员都是女子担任。她们大多数都是穿着黑色的外衣，领际用白色的镶边，都很整洁。旅馆的“茶房”几乎全是女子，有的是半老徐娘，有生得比较清秀的，看上去就好像女学生，每天客人出门后，她们就进房收拾，换置被单等物。

（三）记者所住过的几个旅馆，觉得和中国的旅馆有一大异点，就是很安静，没有喧哗叫嚣的情形。执事的人也很少，账房间一两个人，其余就不大看见人影，就是电梯也可以由客人自开，像接电灯开关似的，要到第几层就用手指按一按那个扑落，电梯就会自动地开到那一层。就是各商店里的伙计，人数也很少，不过一两人，不像我国的商店，有许多往往像菩萨或罗汉似的一排一排列在柜台后面。其实这种异点，在上海中西人的商店里已略可见到了。

一九三三年八月十二日，夜，记于罗马

世界公园的瑞士

记者此次到欧洲去，原是抱着学习或观察的态度，并不含有娱乐的雅兴，所以号称世界公园的瑞士，本不是我所注意的国家，但为路途经过之便，也到过该国的五个地方，在青山碧湖的环境中，惊叹“世界公园”之名不虚传。因为全瑞士都是在翠绿中，除了房屋和石地外，全瑞士没有一亩地不是绿草如茵的，平常的城市是一个或几个公园，瑞士全国便是一个公园；就是树荫和花草所陪衬烘托着的房屋，他们也喜欢在墙角和窗上栽着或排着艳花绿草，房屋都是小巧玲珑，雅洁簇新的（因为人民自己时常油漆粉刷的，农村中的房屋也都如此）。墙色有绿的，有黄的，有青的，有紫的，隐约显露于树草花丛间，真是一幅美妙绝伦的图画！

记者于八月十七日下午十二点离开意大利的米兰，两点钟到了瑞士的齐亚索，便算进了“世界公园”的境地。由此处起，便全是用着电气的火车（瑞士全国都用电气火车，非常洁净），在火车上遇着的乘客也和在意大利境内所看见的“马虎”的朋友们不同，衣服都特别的整洁，精神也特别的抖擞，就是火车上的售卖员的衣冠态度也和“马虎”派的迥异，这种划若鸿沟的现象，很令冷眼旁观的人感到惊讶。

由此乘火车经过阿尔卑斯山（Alps）下的世界有名的第二山洞（此为火车经过的山洞，工程艰难和山洞之长，列世界第二），气候便好像由燥热的夏季立刻变为阴凉的秋天。在意大利火车中所见的东一块荒地西一块荒地的景况，至此则两旁都密布着修得异常整齐的绿坡，赏心悦目，突入另一种境界了。所经各处，常在海平线三四十尺以上，空气的清新固无足怪，还观积雪绕云的阿尔卑斯山的山峰矗立，俯瞰平滑如镜的湖面，映着青翠欲滴的山景，无论何人看了，都要感觉到心醉的。我们到了琉森湖（Lake of Lucerne）的开头处的小埠佛露哀伦（Fluelen），已在下午五点多钟，因打算第二天早晨弃火车而乘该处特备的小轮渡湖（须三小时才渡到琉森城，即该湖的一尽头），所以待在湖滨的一个旅馆里歇息了一夜。这个旅馆开窗见湖面山，设计得雅洁极了，但旅客却寥若晨星，大概也受了世界经济恐慌的波及。

这段路本来可乘火车，但要游湖的，也可以用所买的火车连票，乘船渡湖，不过买火车票时须声明罢了。我们于十八日上午九时左右依计划离佛露哀伦，乘船渡湖。这轮船颇大，是专备湖里用的，设备很整洁，船面上一列一列地排了许多椅子备旅客坐。我们在船上遇着二三十个男女青年，自十二三岁至十七八岁，由一个教师领导，大家背后都背着黄色帆布制的行囊，用皮带缚到胸前，手上都拿着一根手杖，这一班健美快乐的孩子，真令人爱慕不止！他们乘一小段的水路后，便又在一个码头上岸去，大概又去爬山了。最可笑的是那位领导的教员谈话的声音姿态，完全像在课堂上教书的神气，又有些像演说的口气和态度，大概是他在课堂上养成的习惯。在沿途各站（在湖旁岸上沿途设有船站，也可说是码头），设备也很讲究，上船的游客渐多，大都是成双或带有幼年子女而来的。有三个五十来岁发已斑白的老妇人，也结队而来，背上也负着行囊，手上也拿着手杖，有两个眼上架着老花眼镜，有一个还拿着地图口讲指划，兴致不浅。这也可看出西人个人主义的极致，这类老太婆也许有她们的子女，但年纪大了各走各的路，和中国的家族主义迥异，所以老太婆和老太婆便结了伴。这种现象，我后来越看越多了。

船上有一老者又把我们当做日本人，他大概是有搜集各种邮票的嗜好，问我们有没有日本的邮票，结果他当然大失所望！

我们当天十二点三刻就乘船到了琉森城，这是瑞士琉森邦（瑞士系联邦制，有二十二邦）的最为游客所常到的一个城市，在以美丽著名的琉森湖的末端。我们上岸略事游览，即于下午四点钟乘火车往瑞士苏黎世邦的最大的一个城市（也名苏黎世，人口二十万余人），一小时左右即到。该城丝的出产仅次于法国的里昂，布匹和机械的生产很盛，是瑞士的主要的经济中心地点，同时也是由法国到东欧及由德国和北欧往意大利的交通要道。该处有苏黎世湖，我们到后仅能于晚间在湖滨略为赏鉴，于第二日早晨，我们这五个人的小小旅行团便分散，除记者外，他们都到德国去。记者便独自一人于上午十点零四分，提着一个衣箱和一个小皮包，乘火车向瑞士的首都伯尔尼进发，下午一点三十五分才到。

在车站时，因向站上职员询问赴伯尔尼的月台（国外车站上的月台颇多，以号码为志），他劝我再等一小时有快车可乘，我正欲在沿途看看村庄情形，故仍乘着慢车走。离了团体，一个人独行之后，前后左右都是黄发碧眼儿了。

团体旅行和个人旅行，各有利弊。其实在欧洲旅行，有关于各国的西文指南可作游历的根据，只需言语可通，经济不发生问题（团体旅行，有许多可省处），个人旅行所得的经验只有比团体旅行来得多。记者此次脱离团体后，即靠着一本英文的《瑞士指南》，并温习了几句问路及临时应付的法语，便独自一人带着《指南》，按着其中的说明和地图，东奔西窜着，倒也未曾做过怎样的"阿木林"。

记者到瑞士的首都伯尔尼后，已在八月十九日的下午，租定了一个旅馆后，决意在离开瑞士之前，要把关于游历意大利所得的印象和感想的通讯写完，免得文债积得太多，但因精神疲顿已极，想略打瞌睡，不料步武猪八戒，一躺下去，竟不自觉地睡去了半天，夜里才用全部时间来写通讯。二十日上午七点钟起身后继续写，才把《表面和里面——罗马和那不勒斯》一文写完付寄。

关于瑞士，我已看了好几个地方，很想找一个在当地久居的朋友谈谈，俾得和我所观察的参证参证，于是在九点后姑照所问得的中国公使馆地址，去找找看有什么人可以谈谈，同时看看沿途的胜景。一跑跑了三小时，走了不少的山径，才找到挂着公使馆招牌的屋子，规模很小，尤妙的是公使一人之外，就只有秘书一人，阍人是他，书记是他，打字员也是他，号称一个公使馆，就只有这无独有偶的两个人（不过还有一个老妈子烧饭）。问原因说是经费窘迫〔日本驻瑞的公使馆，除公使外，有秘书及随员三人，打字员两人，顾问（瑞士人）一人及仆役等〕。

记者揿电铃后，出来开门的当然就是这位兼任阍人等的秘书先生，他是一位在瑞士已有十三四年的苏州人，满口苏白，叫苦连天。我们一谈却谈了两小时之久，所得材料颇足供参考，当采入下篇通讯里。可是我却因此饿了一顿中餐。

八月二十一日下午乘两点二十分火车赶日内瓦，四点五十分到。在该处除又写了《离意大利后的杂感》一文外，所游的胜景以日内瓦湖为最美。但是这样美的瑞士，却也受到世界经济恐慌的影响。其详当于下篇里再谈。

八月二十五日，记于巴黎

巴黎的特征

记者于八月二十三日夜里由日内瓦到巴黎，提笔作此通讯时已是九月六日，整整过了两个星期，在这时期内，一面自己补习法文（昨据自苏联回巴黎的汪梧封君谈，在苏联欲接近一般民众，和他们谈话，外国语以德语最便，其次法语，英语最难通行），一面冷静观察，并辗转设法多和久住法国的朋友详谈，所得的印象和感想颇多，容当陆续整理报告。现在先谈谈巴黎的特征。

讲到巴黎的特征，诸君也许就要很容易地联想到久闻大名的遍地的咖啡馆和"现代刘姥姥"所宣传的什么"玻璃房子"。遍地的咖啡馆确是巴黎社会的一个特征，巴黎街上的人行道原来很阔，简直和马路一样阔，咖啡馆的椅桌就几百只排在门口的人行道旁，占去人行道的一半，有的两三张椅子围着一只小桌子，有的三四张椅子围着一只小桌子，一堆一堆地摆满了街上；一到了华灯初上的时候，便男男女女的坐满了人，同时人行道上也男男女女的熙来攘往，热闹异常，在表面上显出一个繁华作乐的世界。在这里可以看到形形式式的"曲线美"，可以看到男女旁若无人似的依偎蜜吻，可以看到男女旁若无人似的公开“吊膀子”。这种种行为，在我们初来的东方人看来，多少存着好奇心和注意的态度，但在他们已司空见惯，不但在咖啡馆前，就在很热闹的街上，揽腰倚肩的男女边走边吻，旁人也都像没有看见，就是看见了也熟视无睹。但我们在“繁华作乐世界”的咖啡馆前，也可以看见很凄惨的现象！例如衣服褴褛，蓬发垢面的老年瞎子，手上挥着破帽，破喉咙里放出凄痛的嘎噪的歌声，希望过路人给他几个“生丁”（一个法郎等于一百生丁）；还有一面叫卖一面叹气的卖报老太婆，白发瘪嘴，老态龙钟；还有无数花枝招展，挤眉弄眼向人勾搭的“野鸡”。有一次记者和两位朋友同在一个咖啡馆前座谈，有一个“野鸡”不知看中了我们里面的哪一个，特在我们隔壁座位上（另一桌旁）花了一个半法郎买了一杯饮料坐了好些时候，很对我们注视，后来看见我们没有人睬她，她最后一着是故意走过我们桌旁，掉下了手巾，俯拾之际，回眸对我们嫣然一笑，并作媚态道晚安，我们仍是无意上钩，她才嗒然若丧地走了。她这“嫣然一笑”中含着多少的凄楚苦泪啊（不过法国的“野鸡”却是“自由”身体，没有什么老鸨跟随着，可是在经济压迫下的所谓“自由”，其实质如何，也就不言而喻了！听说失业无以为生的女工，也往往陷入这一途）。

至于“现代刘姥姥”所宣传的“玻璃房子”，并不是有什么用玻璃造成的房子，不过在有的公娼馆里，墙上多设备着镜子，使几十个赤裸裸的公娼混在里面更热闹些罢了（因为在镜子里可显出更多的人体）。据“老巴黎”的朋友所谈的这班公娼的情形，也足以表现资本主义化的社会里面的“事事商品化”的极致。这种公娼当然绝对没有感情的可言，她就是一种商品，所看见的就只是“商品”的代价——金钱。有的论时间而计价钱，如半小时，一小时之类，到了时间，你如果不识相，执事人竟可不客气地来打你的门，不过有一点和“野鸡”一样，就是她们也是有着所谓自由身体，并没有卖身或押身给老鸨的事情；可是也和“野鸡”一样，在经济压迫下的“自由”，其真义如何也可想见，在表面上虽似乎没有什么人迫她们卖淫，尽可以强说是她们“自由”卖淫，实际还不是受着压迫——经济压迫——才干的？这也便是伪民主政治下的借来作欺骗幌子的一种实例！世间变相“公娼”和“野鸡”正多着哩！

据在这里曾经到过法国各处的朋友说，咖啡馆和公娼馆，各处都有，不过不及巴黎之为尤盛罢了。

记者因欲探悉法国的下层生活，曾和朋友于深夜里在街道上做过几次“巡阅使”，屡见有瘪三式的人物，臂膊下面夹着一个庞大的枕头，静悄悄地东张西望着跑来跑去，原来这些都是失业的工人，无家可归，往往就在路旁高枕而卧，遇着警察，还要受干涉，所以那样慌慌张张似的。法国在各帝国主义的国家中，受世界经济恐慌的影响，比较的还小，据我们所知道的，法国失业工人已达一百五十万人，但法当局讳莫如深，却说只有二十四万人（劳工部最近公开发表注册领救济费者），最近颇从事于修理各处有关名胜的建筑和机关的房屋，以及修理不必修的马路等，以期稍稍容纳失业工人，希冀为减少失业人数装装门面，但这种枝节办法能收多大的效用，当然还是个问题。向政府注册的失业工人每月原可得津贴三百法郎，合华币六十圆左右，在我们中国过着极度穷苦生活的民众看来，已觉不错，但在生活程度比我们高的法国，这班工人又喜欢以大部分的收入用于喝酒，所以还是苦得很，而且领了若干时，当局认为时期颇久了，不管仍是失业，突然来一个通知，把津贴停止，那就更尴尬了。这失业问题，实是帝国主义的国家“走投无路”的一件最麻烦的事情。

但是在法国却也有它的优点，为产业和组织落后的殖民地化的国家所远不及的，记者当另文叙述奉告。

一九三三年八月六日，晚，记于巴黎

瑕瑜互见的法国

资本主义的国家原含有种种内在的矛盾，它的破绽随处可以看见，但是平心而论，它也有它的优点，不是生产落后，文化落后的殖民地化的国家所能望其项背的。例如记者现在所谈到的法国，第一事使人感到的便是利用科学于交通上的效率。在法国凡是在五千户以上的城市，都可由电车达到；在数小时内可使全国军队集中；巴黎的报纸在本日的午后即可布满全国(关于法国报业的情形，当另文记之)；本国的信件，无论何处，当天可以达到；巴黎本市的快信，一小时内可以达到。巴黎的交通工具，除汽车、电车及公共汽车外，地道车的办法，据说被公认为全世界地道车中的第一。这是研究市政的人告诉我的，我虽未曾乘过全世界的地道车，但据亲历的经验，对于巴黎地道车办理的周到，所给乘客的便利和工程的宏伟(有在地下挖至三层、四层的地道，各层里都有车走)，觉得实在够得上我们的惊叹。全巴黎原分为二十区，有十三条的地道车满布了这二十区的地下，成了一个很周密的地道网。你在许多街道上，常可看见路旁有个长方形的大地洞，宽约七八尺，长约十二三尺，三面有铁栏杆围着，一面有水门汀造的石级下降，上面有红灯写着“Metro”（即“地道车”）的字样，这就是表示你可以“钻地洞”去乘地道车的地方。撑着红灯的柱子上就挂有一个颜色分明，记载明晰的地道车地图，你一看就知道依你所要到的地方，可由何处乘起，何处下车。走下了石级之后，便可见这种地下车站很宽大，电灯辉煌，犹如白昼，墙壁都是用雪白的瓷砖砌成的，你向售票处（都是用女子售票）买票后，有椅子备你坐着等车，其实不到五分钟必有一列车来，你用不着怎样等候的。这种地道车都是用电的，每到一列总是五辆比上海电车大半倍的车子，里面都很整洁，中间一辆是头等，外漆红色，有漆布的弹簧椅，头尾各二辆是普通的，外漆绿色，里面布置相类，不过只是木椅罢了。车站口有个地道车地图，上面已说过；车站里还有个相同的地图，车站所经过的路及转角都有大块蓝色珐琅牌子高悬着，上面有白字的地名，你要由何处起乘车，即可照这牌子所示的方向走去上车。乘车到了那一站，也有好几块这样的地名牌子高悬着给你看。在车里面还有简明的图表高悬着，使你一看就知道所经过的各站及你所要到的目的地。他们设法指示乘客，可谓无微不至，所以除了瞎子和有神经病的先生们外，无论是如何的“阿木林”，没有不能乘地道车的。有的地方到达目的地车站时，因“地洞”较深，怕乘客步行出“洞”麻烦，还有特备的大电梯送你上去。这种地道车有几个很大的优点：（一）车价便宜，头等每人一个法郎十五生丁（法国一个法郎约合华币二角，一个法郎分为一百生丁），普通的每人七十生丁，每晨在九时以前还可仅出八十五生丁买来回票（因此时为工人上工时间，特予优待）。（二）买一次票后，只需不钻出“地洞”之外，你在地道里随便乘车到多远的地方都可以。（三）各条地道纵横交叉，你可以随处换车，以达到你的目的地为止。因为车辆多，这种换车很迅速，不像在上海等电车，往往一等一刻钟或半小时。我们做旅客的只要备有一小本地道车地图，上面有各街道，有各条地道车，“按图索骥”，即路途不熟，什么地方都可去得。记者在这里就常以“阿木林”资格大钻“地洞”，或访问，或观察，全靠这“地洞”帮忙（汽车用不起，电车，公共汽车价也较昂，且非“老巴黎”不敢乘）。

除交通便利外，关于一般市民享用的设备，有随处可遇的公园，无论如何小的地方，都有花草和种种石像雕刻的点缀，使它具有园林之胜。马路的广阔坦平更不必说，像上海的大马路，在巴黎随处都是。此外，如市办的浴室，清洁价廉，每人进去买票只需一个法郎（另给酒钱约二十五生丁），就可使用一条很洁净的浴巾（肥皂须自带，临买票时如买肥皂，五十生丁一小块），被导入一个小小的浴室里去洗莲蓬浴。这种浴室虽有房间数十间，只楼下柜台上用一个女售卖员，楼上用一个男子照料，简便得很。进去洗澡的男的女的都有。记者在巴黎洗的就是这样简易低廉的澡，因为我过不起阔佬的生活。

当然，如做深一点的观察，资本主义的社会里常会拿这样的小惠来和缓一般人民对于骨子里还是剥削制度的感觉和痛恨，但比之连小惠都说不上的社会，当然又不同了。

其次是他们社会组织比较地严密。每人一生出来就须在警局注册，领得所谓“身份证”，以后每年须换一次，里面详载姓名、住址、父母姓名、本身职业及妻子（如有的话）等情形，每人都须随身带着备查。每人的这种“身份证”都有三份，一份归管理户口的总机关（大概是内政部）保存，一份归本人保存，一份是流动的，就存在这个人所在地的警局里，如遇有迁居，须报告警局在证上填注新址并盖印。如遇有他往的时候，亦须先往该警局通知，由该警局把这份“身份证”寄往他所新迁的所在地的警局存查。外国人居留法国的，也须领有这种“身份证”。这样一来，每人的职业及行动，都不能有所隐瞒，作奸犯科当然比较的不容易。在中国户口的调查还马马虎虎，这种更严密的什么“身份证”更不消说了。

不过从另一方面想来，这种严密的办法，其结果究竟有利有害，也还要看用者为何类人。在极力挣扎维持现有的不合理的社会的统治者，反而可借这样严密的统治方法来苟延他们的残喘。但是这是用者的不当，社会的严密组织的本身不是无可取的。

一九三三年九月十五日夜，记于巴黎

法国的农村

法国在世界大战以前，原是偏重农业的国家，自世界大战以后，利用赔款所得及所取得的各地的煤矿，铁矿，对于工业才有比较激进的倾向，但是农业仍占很重要的位置，法国全国人口四千万人里面，仍有百分之四十，即一千六百万人是从事农业的。记者原想到农村里去看看，刚巧从前在意大利码头上走散的张心一君由德来法调查农村经济，便于九月二十五日约同秦国献君同到凡尔赛附近的一带农村里去跑了一个整天。张君从前在美国专研农村经济，秦君在法国专研农村教育及农艺已有五年之久，记者此次观察农村，有两君做旅伴是再好没有的了。

我们先在凡尔赛农业研究院里参观了一番。该院由农部设立，研究结果即由农业局实施于各农村，院的周围有八百亩地专供实验之用。院长系著名的农业教授担任的，亲出招待，说明颇为详尽。其中最使我感觉兴趣的是关于植物的病理研究，种种病状的解剖图形和模型，以及实验室里试验管中的种种病态研究，都令我感到我国内地大多数人民的疾病受到科学的研究和卫护的，还远不及这些生长在科学比较发达的地方的植物！其次参观的是国立格立农(Grignon)试验场和附近的格立农国立农业专门学校。该试验场有一万亩的田地供试验之用，规模颇宏大，试验结果也由农业局实行传播于各处农村的实际工作上去。国立农业专门学校和这个试验场都设在农村，其影响于农业的改进都很大。该校有百余年的历史，于农业发明上有特殊贡献的教授，校里都替他们铸半身铜像，竖立于校园旁，以资纪念。这种在学术上有真切贡献者的铜像，虽仅半身，却有它的特殊的价值。该校设备也颇完备，对畜牧尤多注意，虽在暑假期中，所养蓄的牛，羊，猪猡等，仍看得到。它们的食料，都有一定的配合，开成“菜单”悬挂着，和我们在大菜馆里所看见的大菜单相似，不过还要精密些，因为每种“菜”都注明分量。上海话骂人做猪猡，听的人大概没有不勃然愤怒的，但是这里的猪猡都有合于科学方法的菜单，不能不说是猪猡里面也有阔绰的了！

法国农村的组织是以“村”为单位，他们叫做“Commune”，每村有村议会，由村议会选出村长(Maire)。四千万人口的法国，有五万余村长，平均每八百人便有一个村长。这种村长是没有薪水的，由原有职业的人兼任；村长之下，由农村小学的校长任书记(也可译为“干事”)，农村小学同时也就是“村政府”所在，书记有相当的薪俸。这样一来，农村小学很自然地成为农村里的重要的中心，农村小学和农村社会也很自然地发生了密切的关系。人口比较少的地方，农村小学就只夫妇两人担任，夫教男生，妇教女生，成为夫妇学校。后期小学里农艺新知识的灌输，则由农业局聘任专门教员到各村轮流施教。这种“村政府”所管的事情，是关于户籍(人口登记)，土地登记及表册，人事(如村民结婚时证婚，丧事须请村政府派人视察，儿童产生须报告登记等)，交通(如道路，邮电等)，教育(一部分经费由国家供给)，救济事务(如救济失业及其他慈善事业等)，并有警察权。他们因一般人民的教育程度已比较的高，办事易有轨道可循，所以事务简单，除少数人口特多的地方，都不过有这样简单的组织。这种“村长”有一定的职权，虽区长有监督之权，却不能像我国区长之徒为官僚的爪牙，以在乡间刮地皮为天职，因为他们的村民监督得也很厉害。

法国的乡村无论怎样小，都有一个邮局，兼理电报和一个公用的电话，小的地方往往邮政局长同时就是邮差。他们的农村里面也有平坦的马路，也有电车，走的次数虽不及城市的多，大概是因为需要上不同的缘故。

我国的农村有茶馆，法国的小小农村里也有咖啡馆，规模当然比城市的简陋得多，只是一个小房间，里面放着几张桌子，几张椅子围着，可是也有白的台布，也还比较的干净，柜台上一个中年妇人也还装饰得干干净净（指记者所进去过的一个农村咖啡馆而言）。记者和张、秦两君因为走得乏了，就也到这样的一个农村咖啡馆里去坐坐，另有农村的风味。张、秦两君大谈其中国农村问题，我除旁听高论外，常溜着我的眼珠旁观咖啡馆的周围和其中的乡间人物。

我们跑来跑去，看了所谓村政府——农村小学——之后，天渐渐黑暗起来了，继之以大雨，我们三个人在草原上，森林间逃难似地大踏步跑着。张君说这是法国的乡间，如在中国，也许我们的皮鞋上已踏得满鞋的泥浆了！最后由秦君引到一个他从前认识的农家里，一对老夫妇，一个十六七岁的儿子，他们“旧地重逢”，倒也谈笑甚欢。那个女主人徐娘半老，风韵犹存，拿着一瓶酒和几个玻璃杯出来，放在桌上，老不开瓶倒酒，我们在旁倒想快些喝几口以消冷气！后来秦君在皮包裹挖了半天，挖出一小包信封装好的中国茶叶送他们，那老头子才似乎受了什么灵感似的，赶速到桌旁把酒瓶开起来，我想这也是所谓礼尚往来吧。我们坐了一会儿，雨已停，便仍踏着湿的道路，于夜色苍茫中跑了许多时候，才乘火车回到巴黎。

法国的农村土地已渐集中于大地主之手。受着世界不景气的影响,已渐有失业的,尤其是酒业,法国的中部及南部的农家,几乎家家种葡萄,葡萄酒为重要农产品,从前运销各国,现在卖不出去,陷入很困难的境地了。

一九三三年九月二十九日,记于巴黎

在法的青田人

关于在欧洲的我国的浙江青田人，记者在瑞士所发的通讯里，已略有谈及，到法后所知道的情形更比较的详细。这班可怜虫的含辛茹苦的能力，颇足以代表中国人的特性的特征！而眼光浅近，处于被侮辱和可怜的地位，其情形也不亚于一般的中国人。我每想到这几点，便不禁发生无限的悲感。

据熟悉青田人到欧"掌故"的朋友谈起，最初约在前清光绪末年，有青田人某甲因穷苦不堪(青田县为浙江最苦的一个区域，人民多数连米饭都没得吃)，忽异想天开，带着一担青田所仅有的特产青田石，由温州海口而漂流至上海，想赚到几个钱以维持生活，结果很不得意，不知怎的竟得由上海漂流到欧洲来，便在初到的埠头上的道路旁，把所带的青田石雕成的形形色色的东西排列出来。欧人看见这样从未看见过的东西，有的也被唤起了好奇心，问他多少价钱，某甲对外国话当然是一窍不通，只举出几个手指来示意，这就含混得厉害了！有时举出两个手指来，他也许是要索价两毛钱，而"阿木林"的外国人也许就给他两块钱。

这样一来，他便不久发了小财。这个消息渐渐地传到了他的本乡，说贫无立锥之地的某某，居然到海外发了洋财了，于是陆续陆续冒险出洋的渐多，不到十年，竟布满了全欧！最多的时候有三四万人，现在也还有两万人左右，在巴黎一地就近两千人。洋鬼子最初虽不注意青田石的这项生意，而且是神不知鬼不觉的漏进来的，没有什么捐税，我国的青田人才得从中取些小利，后来渐渐知道源源而来，便加上捐税，听天由命的中国人在这方面的生意经便告中断，但人却来了，自知回中国去还更苦，于是便以各种各色的小贩为生。他们生活的俭苦，实在是欧洲人所莫名其妙，认为是非人类所办得到的！现在巴黎的里昂车站的附近有几条龌龊卑陋的小巷，便是他们业集之处。往往合租一个大房间，中间摆一张小桌子，其余的地板上就是铺满着的地铺。穷苦和龌龊往往是结不解缘的好朋友，这班苦人儿生活的龌龊，衣服的褴褛，是无足怪的，于是这些地方的法国人便都避之若蛇蝎，结果成了法国的“唐人街”，法国人想到中国人，便以这班穷苦龌龊，过着非人生活的中国人做代表！有人怪这班鸠形鹄面的青田小贩侮辱国体，但是我们平心而论，若国内不是有层出不穷的军阀官僚继续勇猛地干着“侮辱国体”的勾当，使民不聊生，情愿千辛万苦逃到海外，受尽他人的蹂躏侮辱，这班小百姓也何乐而为此呢？他们这班小贩这样说，每日提箱奔跑叫卖，只需赚得到一个法郎（就法国说），就是等于中国的两毛钱，每月即等于中国的六块钱，倘能赚得到三个法郎，每月即有十八圆，这在他们本乡青田固不必想，即在今日的中国，在他们这样的人，也谈何容易！所以他们情愿受尽外人的践踏侮辱，都忍气吞声地活着，因为他们除此以外更想不到什么活路啊！

在巴黎的青田小贩所以会业集于里昂车站的附近，还有一个理由：因为他们大多是由海船来的，由马赛上岸到巴黎，这是必经的车站。这班人由中国出来，当然没有充足的盘川，都是拼着命出来的，到了马赛，往往腰包就要空了，尽其所有，乘车到里昂车站，到了之后是一个地道十足的光棍，空空如也，在马路上东张西望，便有先到的青田人（他们也有相当的组织）来招待他去暂住在青田人办的小客栈里，青田小贩里面也有发小财的（多的有二三十万的家资），便雇用这种人去做小贩，他便从中取利。所以在这极艰苦的事情里面，也还不免有剥削制度的存在！这种小贩教育程度当然无可言，不懂话（指当地的外国语），不识字，不知道警察所的规章，动辄被外国的警察驱逐毒打，他们受着痛苦，还莫名其妙！当然更说不到有谁出来说话，有谁出来保护！呜呼中国人！这是犬马不如的我们的中国人啊！

这班青田人干着牛马的工作，过着犬马不如的非人的生活，但是人总是人，疲顿劳苦之后也不免想到松动松动的娱乐。巴黎是有名的供人娱乐的地方，但这班小贩同胞们程度绝够不上，无论咖啡馆也罢，跳舞场也罢，乃至公娼馆也罢，他们绝没有胆量进去问津，于是他们里面比较有钱的人便独出心裁，开办赌场，打麻将抽头，精神上无出路的小贩们便都聚精会神于赌博，白天做牛马，夜里便聚起来大赌而特赌，将血汗得来的一些些金钱都贡献给抽头的老板们！这几个开赌场的老板们腰包里丰富了，便大玩其法国女人，一个人可包几个女人玩。最后的结果是小贩们千辛万苦赚得的一些血汗钱仍这样间接地奉还大法兰西！

这班可怜虫过的是不如犬马的生活，同时也是盲目的生活，无知的生活。往往因为极小的事情，彼此打得头破血流！前几个月里有因赌博时五十生丁（约等中国的一角钱）问题的极小事故，两个人大打其架，不但打得头破血流，竟把一个人打死了！法国警察发现了这个命案，当然要抓人，听说这个“打手”在同乡私店里多方躲藏，至今尚未抓到。

这班青田人有的由海船不知费了多少手续偷来的，有的甚至由西伯利亚那面走得来的，就好的意义说，这不能说他们没有冒险的精神，更不能说他们没有忍苦耐劳的精神，但是有这样的精神而却始终不免于“犬马”的地位，这里面的根本原因何在？实在值得我们的深刻的思考。

一九三三年九月二十九日，记于巴黎

由巴黎到伦敦

记者提笔写这篇通讯的时候，到伦敦已有一个多月了，因为预计所已寄出的文稿，还可供《生活》许多时候继续地登载，所以到今天才动手续写通讯，但这一个多月的时间却也支配得很忙。大概上半天都用于阅览英国的十多种重要的日报和几种重要的杂志，下半天多用于参观，或就所欲查询的问题和所约的专家谈话，晚间或看有关所查询问题的书籍，或赴各种演讲会（去听不是去讲），或约报馆主笔谈话，或参观报馆夜间全部工作，每天从床铺上爬起来，就这样眼忙，耳忙，嘴忙，忙个整天。

记者系于九月三十日上午十点钟由巴黎动身，当日下午四点五十五分到伦敦。由巴黎到伦敦须渡英吉利海峡（English Channel），原有四条路线可走，而以走加来（Calais）和多维尔（Dover）一条路线，所经海峡距离最短。记者在事前就听见朋友说起，经过英吉利海峡虽为时仅两小时左右，但风浪极大，无论怎样富于旅行经验的人，却不得不吃些苦头；记者因怕晕船，不必要的苦头可免则免，所以就选走这条海峡距离最短的路——先由巴黎乘火车到加来（法境），由该处离火车乘轮渡海峡，达多维尔（英境），然后再乘火车到伦敦。到通济隆买票的时候，才知道要走这条路，由巴黎到加来的火车只有头二等，没有三等，这个竹杠只得让他们敲一下了。轮上，因预得朋友的警告，说三等晕得更厉害，千万要坐二等，我也只得照办，不过从多维尔到伦敦的一段火车却仍坐了三等。下午两点钟开始渡海峡，一到船上，阴云密布，凛风吹来，气候就特别冷起来，许多男女老幼搭客身上都穿了冬天厚呢大衣，我却只穿了一件春季夹大衣，可是此时满心准备着大尝一番晕船苦楚，危坐待变身上虽似乎有些发抖，却不觉得怎样冷。船上原有大菜间供搭客们吃中饭，但一则因为这种地方价钱都特别昂贵，二则因为准备晕船，不宜果腹，所以我便打定主意叫自己的肚子饿一顿。记者饿着肚子坐着待变的时候，一面纵览同船的许多老的，少的，男的，女的，形形色色的搭客；一面却另有一种感触，觉得我所以肯，所以能不怕怎样大的风浪在前面，都鼓着勇气前进，只有应付的态度，没有畏避的态度，就只因为我已看定了目的地——所要达到的明确的对象——又看定了所要经的路线。此事虽小，可以喻大。

但是事情却出乎意料！我睁着眼巴巴地望着海面，准备着狂风怒涛的奔临，却始终未来；等到船将靠岸，随着大众从第二层甲板跑到最高一层甲板时，大风骤作，有许多太太小姐们的裙子随着大衣的衣裾被风吹得向上纷飞，她们都在狂笑中用手紧紧地拉着，一不留神，大腿和臀部都得公开一下，引得大家哄笑。还有许多“绅士”们的帽子也被大风吹得满地（甲板上）滚，搭客们就这样笑做一团，纷纷上岸。

由瑞士到法国时，火车驶入法境后，仅由法国海关人员在火车上略为翻看搭客的箱子（火车同时仍在继续前行），此次由法到英，上岸后却须到海关受一番盘查。他们把本国人（英）和外国人分做两起，经两个地方出入。凡是本国人，只需看一看护照就放过。一大堆外国人（其中以法国人占多数，中国人就只记者一人）便须于呈验护照后，由海关人员十几人各在一张桌旁，向客人分别查问。有个海关人员问到记者时，问我来英国干什么，我说我是个新闻记者，现在欧洲旅行考察。他很郑重地问："你不是来找事做的吗？"我开玩笑地答他道："我是来用钱，不是来赚钱的！"他听了笑起来，问我钱在哪里，我刚巧在衣袋里有一张汇票，便很省便地随手取出给他看一看，他没有话说，只说如在英居住过了三个月，须到警察局登记，说完就在我的护照上盖一个戳子。后来我仔细看一下，才知道这戳子上面还郑重注明准许上岸的条件："拿此护照的人在英国境内不得就任何职业，无论有薪的，或是无薪的。"总之，他们总怕外国人来和他们抢饭吃就是了——这大概也是他们失业恐慌尖锐化的一种表现。

离了海关，提着衣箱赶上火车，于拥挤着的人群中勉强找得一个座位，便向伦敦开驶。英国火车的三等比意大利的好得多了，六个人一个房间，有厚绒的椅子，椅下还有弹簧，我国火车的二等还比他们不上，三等更不消说了。车行不久后，天气放晴，气候也和暖起来了，向左右窗外看看，乡间房屋多美丽整洁，比法国的乡间好，和在瑞士乡间所见的仿佛。途经一个很大的墓地，几百个十字架式的墓碑涌现于鲜花青草间，异常清丽，但见东一个西一个妇女穿着黑衣垂首跪在碑前，想象她们不知洒了多少伤心泪！

到后，因已承朋友先为租好了一个人家的房间，便搬进去住。伦敦的街道，大街固然广阔平坦，就是住宅区的比较小的街道，也都是像上海静安寺路或霞飞路一样的光滑，平坦，整洁。住宅大都三层楼，门口都是有余地种些花草。记者所租的房间，也在这样状况中的一所屋里。这种一般的小住宅，里面大都设备得很整洁讲究，在马路上就看得见华美的窗帷，不但房里有花绒地毯，就是楼梯上也都铺有草绒地毯。抽水马桶和自来水浴室也都有。房里都有厚绒沙发可坐。除东伦敦的贫民窟外，这可算是一般人民水平线以上的普通生活，这当然不是上海鸽子笼式房屋的生活所可同日而语了，至于连鸽子笼式房屋还没得住的人，那当然更不消说。不过记者在伦敦现在所住的这个屋子，却有些特殊的情形，这些未尝不是英国社会一部分的写真，下次再说。

一九三三年十一月五日，伦敦

华美窗帷的后面

记者上次曾经谈起伦敦一般居民的住宅，除贫民窟的区域外，都设备得很清洁讲究，在马路上就望得见华美的窗帷。但在这华美窗帷的后面究竟怎样，却也不能一概而论。像记者现在所住的这个屋子，从外面看起来，也是沿着一条很清洁平坦的马路和行人道，三层洋房的玲珑雅致，也不殊于这里其他一般的住宅，华美的窗帷也俨然在望，但是这里面的主人却是一个天天在孤独劳苦中挣扎地生活着的六十六岁的老太婆！她的丈夫原做小学教员，三十年前就因发神经病，一直关在疯人院里；她有两个儿子，一个女儿。大儿子二十岁的时候就送命于世界大战，第二个儿子也因在大战中受了毒气，拖着病也于前两年死去了，女儿嫁给一个做钟表店伙计的男子，勉强过得去，于是这个老太婆就剩着一个孤苦伶仃的光棍。这个屋子她租了二十年，房屋依然，而前后判若两个世界。她还得做二房东以勉强维持自己的生活，租了六个房客（中国房客就只记者一个），因租税的繁重，收入仅仅足以勉强糊口。每天要打扫，要替房客整理房间，要替各个房客预备汤水及早餐，整天地看见她忙得什么似的。她每和记者提起她的儿子，就老泪横流，她只知道盲目的怨哀，她的儿子给什么牺牲掉，她当然不知道。处于她这样前后恍然两世的环境中，在意志薄弱的人恐怕有些支持不住，而她却仍能那样勤苦地活下去，我每看到这老太婆的挣扎生活，便觉得增加了不少对付困难环境的勇气。

房客来去当然是不能十分固定的，遇有房客退出，她的租税仍然是要照缴的，于是又增加了她的一种愁虑。记者搬入居住的时候，她再三郑重地说，如果住得久，她要把沙发修好，要换过一个钟，我听了也不在意；第二天偶然移动那张老态龙钟的唯一的长形大沙发，才知道不仅弹簧七上八下，而且实际仅剩下三只脚，有一只脚是用着几块砖头垫着的，至于那个钟，一天到晚永远指着九点半！地上铺着的绒地毯也患着秃头或癞痢头的毛病。她三番五次地问我住得怎样，提心吊胆怕我搬家，我原是只住几个月，便马马虎虎，叫她放心。至今那张老资格的沙发还是三只脚，那个钟还是一天到晚九点半！她往往忙不过来，索性把我的房间打扫整理暂时取消，我一天到晚忙着自己的事情，没有工夫顾问，也不忍多所顾问。有一次有一位中国朋友来访我，刚巧我不在家，她对这位朋友把我称赞得好得异乎寻常，说她的屋子从来没有租给过中国人，这是第一次，现在才知道中国人这样的。后来这位朋友很惊奇地把这些话告诉我，我笑说没有别的，就只马虎的好！这几天有一个房客退租了，她便着了慌，屡次问我有没有朋友可以介绍（这位老太婆怪顽固，不肯租给妇女，说不愿男女混杂，并说向来不许有“女朋友”来过夜）。在资本主义发达特甚的社会里，最注重的是金钱关系，一分价钱一分货，感情是降到了零度，没得可说的。

我曾问她为什么不和女儿同住，免得这样孤寂劳苦，她说如果她有钱，尽可和女儿同住，一切关于她的费用，可由她照付，如今穷得要依靠女婿生活，徒然破坏女儿夫妇间的快乐，所以不愿。在现代社会里，金钱往往成为真正情义的障碍物。附近有个女孩子，十四岁，她的父亲是在煤炭业里做伙计的，平日到义务学校就学，每遇星期六及星期日便来帮这老太婆扫抹楼梯及做其他杂务，所得的酬报是吃一顿饭，取得一两个先令。人虽长得好像中国十六七岁的女子那样大，但因贫困的结果，面色黄而苍白，形容枯槁，衣服单薄而破旧。她每次见到记者，便很客气地道早安，我每看到她那样的可怜状态，未尝不暗叹这也是所谓大英帝国的一个国民！

当然，记者并不是说这一家“华美窗帷的后面”情形便足以概括一般的情况，不过在社会里的这一类的苦况，很足以引起特殊的注意，尤其是在经济恐慌和失业问题闹得一天紧张一天以后。由此又令我联想到另一件事。前天我在伦敦的一个中国菜馆里请一位朋友同吃晚饭，谈得颇晚，客人渐稀，不久有一个妙龄英国女子进来，坐在另一桌上，金发碧眼，笑面迎人，沉静而端庄，装束也颇朴素而淡雅；从表面看去，似乎无从疑心她不是“良家妇女”，但这位朋友却知道她的身世凄凉，因受经济压迫而不得不以“皮肉”做“生产工具”。我为好奇心所动，就请认识她的这位朋友把她请过来，请她同吃一顿饭，乘便详询她的身世，才知道她的父亲也是参加世界大战而送命的，母亲再嫁，她自己入中学二年后，便因经济关系而离校自食其力，在一个药房里的药剂师处当助手，做了两年，对此业颇具经验，但后来因受不景气的影响，便失业了；忍了许多时候的苦，才在一个商店里找到一个包裹货品的职务，小心谨慎地干着，不久又因经济恐慌而被裁，于是便加入失业队伍里面去了。多方设法，无路可走，除求死外，只得干不愿干的事情。她此时虽在干不愿干的事情，但因青春美貌还能动人，所以对“男朋友”还能作严格的选择。我说，青春易逝，美貌不留，不可不作将来打算，不择人而嫁，便须极力寻业。她说，嫁人不能随便在街上拉一个，很不容易，寻业已想尽方法，无可奈何，并说比她更苦的女子还多着哩，有不少女子终夜在街上立着候人，直到天亮无所获而垂头丧气，甚至涕泪交流的，所在多有。据记者所见，她的话并非虚伪的。平日我夜里四点后总不出外，最近因参观几个大规模的报馆，往往深夜始归，那样迟的时候，公共汽车及地道车都没有了，零租汽车又贵得厉害，只得跑腿，上月三十日夜里参观泰晤士报馆，走过日间很热闹的大街叫做Charing Cross的时候，已在夜里两点钟后，果见两旁行人道上，每隔几家店门便有女子直立着等候什么似的，因怕警察干涉，仅敢对你做媚眼，或轻声低语，这类“站班小姐”大概都比较的年大而貌不扬，找不到“朋友”，只有“站班”的资格了！

一九三三年十一月八日晚，伦敦

曼彻斯特

记者于十一月二十七日上午十点三十分钟，由伦敦乘火车赴曼彻斯特，下午两点十分钟到。此行所得关于《曼彻斯特导报》的材料，上节通讯里已述及，现在要略谈关于其他的见闻。

我们要感觉到曼彻斯特对于英国的重要，只要想到英国的经济几乎全靠工业制造品的出口。棉织物向居英国工业制造品的第一位，在大战前，英国棉织物的出口货，实占该国全部出口货总价值中的三分之一，大战后虽锐减，仍占四分之一；我们知道这棉织物所自产造的大本营是在兰开夏（Lancashire），而曼彻斯特却为兰开夏该业的最重要的中心地点。在大战前，可以说世界各市场的棉织物进口货，全部中的四分之三是由曼彻斯特的公司输运出来的；在大战后，关于棉织物的国际贸易，也还有二分之一是操于曼彻斯特该业中人的手里。英国在大战前成为“一世之雄”——世界上最富强的国家——就经济方面说，大部分靠它的出口贸易，出口货的大宗是棉织物，而曼彻斯特却是英国制造棉织物的中心区域。曼彻斯特和英帝国主义的繁荣，和英帝国主义对殖民地及半殖民地的经济侵略，其中密切的关系，于此可见。但是现在却到了倒霉的时代！视作靠山的出口贸易自一九二九年世界经济恐慌以来，已越缩越少，缩到不及从前的三分之一了。占着出口货大宗的棉织物当然随着一同倒霉，加以日本在这方面的激烈竞争，日帝国主义和英帝国主义大抢市场，更使这只“壮牛”(John Bull)走投无路。东洋货最凶的是价钱便宜，例如一件布的衬衫，在英国即使工资不算，运输和经商的费也不算，成本至少须一个先令六便士(普通售价每件约在五先令)，而日本货的布衬衫却能在英国市场上每件售价一个先令。所以即在英国直接的殖民地如香港，日本货的进口在一九三二年值七十余万镑(£737,088)，一九三三年仅开始八个月内，竟增至一百万镑以上(£1,107,229)；又如在印度，日本货的进口在一九三二年值八百余万镑(£8,883,178)，一九三三年仅开始八个月内，竟增至一千万镑以上(£10,448,081)。这里面棉织物当然也是大宗，弄得兰开夏的棉织工厂停工的停工，倒闭的倒闭，叫苦连天！帝国主义互争市场的把戏，正在钩心斗角一幕又一幕地演着，愈演愈尖锐化！

曼彻斯特虽在倒霉的时代，但仍然是烟雾弥天，加以天天是阴云密布着，无时不是黄昏的模样。由工厂的烟囱里出来的烟还不够，街上还有一种旧式的汽车，不用汽油而是烧煤的(大多数是运货车)，上面也有个小烟囱，在街上来来往往大放其烟灰。我每出门一次回到旅馆里，或仅出门走了几步路，用手巾向脸上一擦，或鼻孔里一抹，总是黑化。住这工业区的人民，烟灰想总吃得不少。但街市热闹，商店装潢美丽，交通便利，马路平阔，男女熙来攘往，却不失其为大城市的气概。

记者住在一个小旅馆里，房间约有二三个间，最下层有颇舒适的公共写字间和餐室。旅馆虽小，却非常清洁，楼梯和地上都铺着花绒地毯。里面除一个老板和一个老板娘外，就只有两个青年女侍者，虽仅穿着蓝布的罩衫，白布的圆领和胸前的围巾，但美慧天成，令人愉悦；可是一天忙到晚，我看什么事都是她们俩干着，早晨六七点钟就听见她们的迅捷的足声在房门外响着，直到夜里11点钟以后才得休息，而那对主人却终日闲暇着。有一次刚巧只我一个人在公共写字间的高擎火炉前看报，这两个女侍者里面有一个进来替火炉加煤，我乘便问她星期日也略能得到休息的时候吗？她啾着嘴说也是一样的一天忙到晚，说完后嫣然一笑，回转身又匆匆忙忙地去干着别的工作了。就在这小小的一个旅馆里，有资产者和仅靠劳动力以求生者，便截然分明，使人感到劳逸的不均，人生的不平。

到的那天，有位在曼彻斯特的朋友杨君知道我来，特从伦敦买到几样中国菜的料子，预备约中国学生某君烧几样中国菜来吃晚饭，不料某君不在家，他忽想起有个他所熟悉的洗衣作的华侨某甲也是烧中国菜的能手，便同去找他，就在他店里同吃晚饭，带来的几样菜就请他一手包办。这个小小的一家洗衣作，某甲是老板，这家店就是他的产业，年逾半百，人很老实，不过生得奇丑，还有个中国伙计，看上去很像鸦片鬼。此外还有一个五十来岁的英籍老太婆和她的一个生得可算健美的女儿，年约二十，腹部已膨胀，听说已有了三个月的身孕。这老太婆很健谈，和我谈了许多关于英国的家庭习俗，特别注意钱的重要！后来听杨君说，才知道她的女儿不久以前已嫁给这个洗衣作老板某甲，这老太婆就靠这女儿吃着不尽，这也许是她对于“钱的重要”的一种表现吧。两女四男同桌吃了一顿。席中老太婆，杨君和我，话最多，某甲和伙计因只会说广东话，变腔的英语也说不到几句，所以只尽量的喝酒吃菜。那个年轻女子虽偶尔说话，但大部分时间都静默着，好像在想着无限心事似的。饭后和杨君在途中时，我说菜的味道很好，不过看着那个满腔心事的年轻女子，不知怎的心里始终感到有些怏怏不乐。其实这也是旧社会制度里的常有现象，像我国某“要人”，年逾半百，听说潜伏梅毒已到了第三期（比较起来，那位勤苦老实的某甲好得多了），还娶了年轻貌美的大学女生。这女生的家属还在事前千方百计地怂恿她出嫁，因为高攀了贵戚，全家从此可以不愁“鸡犬升天”了！这算是旧社会制度里的婚姻自由！

一九三三年十二月三十一日，伦敦

利物浦

英国棉织业大本营的兰开夏有两个最著名的城市：一个是曼彻斯特，记者在上次通讯里已略述梗概了；还有一个是利物浦（Liverpool），在兰开夏西南沿海的一个船业中心，有英国的“西方门户”之称。该埠沿岸接连着的船埠达六哩半之远，港内水面积有四百七十五亩之广，无论怎样大的轮船都能靠岸。英国进口货的四分之一和出口货的五分之二，都经过利物浦。该埠除在运输上占重要地位外，最重要的工业是造船，故大规模的船坞，连绵数里，坐着架空的电气火车，沿船埠兜了好半天还看不完。但是英国的出口贸易，既跟着世界经济恐慌而踏上了倒霉之路，运输业当然随着一同倒霉。曼彻斯特到了倒霉时代，利物浦也不得不到了倒霉时代。繁荣时代，规模越大越值赫；倒霉时代，规模越大越糟糕，越难收拾。在一九三二年的一年中，造船业工人有一半以上失业；船埠工人及水手有三分之一以上失业，形势严重，可以想见。

记者于十一月三十日上午十一点三十分钟由曼彻斯特乘火车动身，下午二点十分钟到利物浦。市面萧条，较曼彻斯特露骨得多。在利物浦大学地理学院肄业的朋友涂长望君(《生活》的读者)到车站来照拂,并承他陪伴了两天,诚挚可感。记者此次出国最感愉快的是借着《生活》的媒介,遇着许多有志的青年朋友,涂君也是其一。我们虽未曾谋面过,但却是一见如故,快慰平生,因为我们在精神上都早成了好友。涂君说利物浦大学地理学院教授(兼院长)罗士培对中国非常表同情,叫我去谈谈。当天下午四时左右便同往,将近该校和进了该校的时候,陆陆续续看见男女同学迎笑着对涂君打招呼,态度都很亲热。据涂君告我,该校因罗士培教授对中国异常表同情,每讨论到远东问题,总是帮中国,所以造成风气。他所主持的地理学院的男女生近百人,都是对中国特具好感的。我才恍然于许多男女生对中国人的亲热态度。

罗士培教授十年来曾三次到过中国,对于中国文化及地理问题的著作颇多,对于中国学生的事情非常肯热心帮忙,遇着有演说机会的时候,总是替中国说话。中国的好坏,自有本身的事实存在,我们原不必听见有人说好话便色然而喜,但是肯表同情于中国的朋友,却也值得我们的介绍。

英国人把下午四五点钟的那顿茶点看得很重,有人说他们晚饭不吃还不打紧,下午那顿茶点是万不可少的。我们到了地理学院里的时候,正遇着罗士培和几个同事在楼上一个小房间里吃茶点,便邀涂君和我一同加入。罗士培教授说他刚接到一位伦敦朋友的信,知道我来,正盼望着晤谈。他今年五十三岁了,还是一个独身,住在学生寄宿舍里,和学生混在一起,衣服看上去也很随便,大有一个书呆子的模样,大概他的注意力都用在地理学上去了。在这天的茶点席上,却有他的一位妙龄秀美的女秘书奥德姆女士(Miss Oldham)担任"女主人"的职务,很殷勤和蔼地招呼客人的茶点。此外还有该学院的讲师史密斯君(W.Smith)。我们五个人围桌而坐,我们当然很容易谈到中国问题。我忽见他(罗士培)瑟瑟缩缩从衣袋里一个日记簿上,取出几张刚从报上剪裁下的关于中国的新闻。有一张是一个英国“死硬派”素有“中国通”之名的某甲写给《泰晤士报》的信，大意说，日本占据满洲，虽经国联认为不合理，但现在已成事实，时势不同，如仍根据国联意见，不注意事实，徒然妨碍世界和平云云。这几位英国的男女朋友——罗士培，史密斯和奥德姆——都愤愤不平，我暗中觉得我们自己不长进，旁人反代为不平，徒然增加我们自己的惭愧而已！我们约谈半小时后告辞握别。

罗士培教授有个习惯，颇好笑，他谈话时，仰着头，眼睛好像总是望着天花板。倘若不是他的诚恳，简直有人疑他旁若无人。我出来后对涂君说句笑话，说罗士培的眼睛总是好像望着天花板，他大概从未知道同事里面有个那样秀美的奥德姆女士吧！

记者在利物浦时参观了利物浦大学（建筑学最著名），大规模的船坞（有许多轮船都闲空着），利物浦的贫民窟（所谓“Slum”，该处是在英国最大的贫民窟之一，衣服褴褛，房屋破烂，触目皆是）。此外在建筑上比较特别的是利物浦的“浮码头”，他们称为“landing stage”，因为在那海岸旁的潮水涨落得很厉害，最高时涨到三十四呎，低时十一呎，所以为搬货及搭客上下的便利，不得不有浮着的活码头。该码头长二千五百三十四呎，平均阔八十呎，高出水面六呎到八呎，用铁链系在岸旁，价值二三十万镑，工程殊为宏大，走上去简直是陆地，不觉得是在什么码头上。不愧为帝国主义对外实行经济侵略的大本营的规模！

还有个尚在继续建造中的大建筑物是利物浦大教堂（Liverpool Cathedral）。世界第一宏伟的大教堂是罗马的圣彼得大教堂，高四百十八呎，利物浦这个才造好一部分的大教堂也有三百零八呎高，欲抢得第二把交椅。自一九〇四年开始建筑以来，建筑了近三十年，尚未完工，其工程浩大可想。记者去瞻仰时，不得不惊叹该处大贫民窟里的许多贫民集合起来，哪比得上这个上帝的福命啊！听说对此事捐款最踊跃的是该处的资本家。帝国主义最欢迎的是《圣经》（见《海上拾零》），资本家所欢迎的又是大教堂！

在英国的华侨，最多的是在伦敦（当另文记之）；其次要算利物浦了，有三百八十人，其中约有一百八十人做轮船上的水手，火夫及极少数的管事人（Steward，类于茶房头的职务），现此中失业者已有六十八人，此外有几家小菜馆及小商店，大概只专做本国人的生意，其余的大多是洗衣业，也仅靠老主顾勉强维持着（曼彻斯特也有二十几个华侨，全是洗衣业，几乎全有了英籍的妻子）。他们大多娶了英国女子，冒着险到英国谋食的华侨，教育程度原很低，有许多中西文字都不识，而英国妻子至少受过高小教育，所以大半受妻子的管辖，惧内者居多，因为写信记账以及许多事都需要仰仗她们，利物浦也有华人麇集的中国街（其实叫"peelstreet"），记者也去"巡阅"一番。当然都是小店，有好几家关了门，"寄人篱下"，免不得随人倒霉了！并到该处一家中国菜馆里去吃过两次饭，看见几个中英合种的男女小孩，真长得健美可爱，和他们瞎谈一阵，觉得他们天真烂漫，性情都很和蔼。有个三岁的孩子，只头发是黑的，其余就全似个洋囡囡，可爱极了，我简直想把他抱回中国来。这家老板是个广东人，老板娘是个大胖子的英妇，他们有个合种的女儿已十八九岁，有着一副婀娜的美态，一对妩媚的慧眼，说着一嘴的莺声软语，婉转动听，听说已和一个英国人订了婚，准备明年出嫁，怎样的英国人却不知道。

涂君谈起他有个好友赵云鹏君，在利物浦大学专攻桥梁工程，也是《生活》的读者，最近因肺病进了医院，听见记者来的消息，以不得一见为憾。我说我应该到医院里去慰问他，便于十二月一日下午买了一些水果，约同涂君和特由伦敦赶来利物浦陪我同赴爱尔兰的张似旅君，到医院里去看他。他住在一个大病室里，有几十个病人一排一排地沿着四面的墙旁榻上躺着，布置得很整洁。他也穿着睡衣躺着，我们三个在病室门口伸着脖子看清了他的榻位，便蹑手轻脚地偷移到他的榻旁。

经涂君介绍后，我和他很诚恳地握着手，并把水果捧给他。他看见我们来了，欢喜得什么似的。我们听见他说，医生说已可无碍，身重加了两磅，不过还需疗养，也非常替他欢喜。我们除竭诚慰问外，不敢多谈，于郑重道别后，又偷偷蹑蹑地跑出了病室，已是万家灯火了。

当夜我便和张君乘轮赴爱尔兰的首都。

一九三四年一月四日，伦敦

游比杂谈之一

在欧洲的北部海岸，法国和德国的中间，有两个小国家，那就是比利时和荷兰。这两个小国的人口都在八百万人左右，是在欧洲经过战争最多的一块地方，这不但是因为这一块地方的南部（即比利时）是正夹在法、德两大国的中间，为这两大国扩充地盘时常争的地带，而且也因为这两小国有了欧洲最重要的几条河的出口，为斗争的媒介。但这两个小国家虽被人加上一个“小”字，在你抢我夺的这块地方上，居然能靠着自己斗争的力量，终于能维持他们的自由平等的地位（当时的国际形势当然也有关系，但根本还是靠自己斗争的力量），这时来自“大”国的我，来自“大”而任人宰割的中国的我，到这两国里看看，实在没有法子消除我的惭愧的心影。

记者于二月二十二日上午九点十五分由巴黎动身，十二点便到了比京布鲁塞尔（Bruxelles）。在火车里遇着一位荷兰老者，和他的妻子同坐在一个车厢里，他们俩的头发都白了，至少都在六十岁以上的年纪，而体格康健，却无异于四十岁左右的壮年。这老者能讲英语。我和他谈话之后，才知道他在荷兰经营船业已四十年了，听他的口气，好像是一个轮船公司经理。我问他荷兰船业最近情形如何，他说没有一个轮船公司不蚀本的，现在只得勉强维持现状，以待转机。我们知道荷兰的国力，最依靠的是他们的商业，尤其是航业。荷兰的航业到现在，虽还不及十七世纪独执世界牛耳时代，但仍占很重要的位置，他们靠着均衡出入口的差异，这是最主要的要素。但据这个经营船业四十年的老者说，现在却没有一个轮船公司不蚀本的，这也是因为他们逃不出世界经济恐慌的漩涡。

在国外遇着外国朋友，十之八九要问你中日问题怎么样了，这个老者也不能例外。他似乎很抱憾地说，中国不能打，最没办法，我便把十九路军在淞沪打日本情形告诉他，他听得津津有味，随听随译给他的夫人听。我想，我们还有十九路军拿来遮遮面孔，但以偌大的中国，只有这昙花一现的十九路军，这面孔还是遮不了！

记者到比国的时候，正值他们一“丧”一“庆”的当儿。我到的那一天（二十二日），是爬山跌死的比王亚尔培大出丧的日子，也就是他们的国丧；第二天是比国新王利奥波尔第三宣誓登位的日子，也就是他们的国庆。在这两天，满街人山人海，比京附近各城的人都特为跑来看热闹，我就好像看了“比国人民展览会”。在新比王和他的王后的“銮驾”经过街道的时候，两旁挤得水泄不通的人丛中，都挥巾或挥帽欢呼；有的在最后一排的角落里，一点儿看不见国王或王后的脸，也大脱其帽，这种敬重王室的心理，在我们看来真觉得莫名其妙。比王未葬前，陈尸三日，一任人民观看；各处人民到比京列队循序进去观看者，每日十余万人。听说有的看了流着眼泪，有许多情愿饿着肚子，或一夜不睡，列在队中立着，等候进去一看。这里面大概为好奇心所冲动的也不少，不过据说比王亚尔培在国王中算是很忠于国事和爱护人民的，所以确也留下了不少的哀思。

现在比国的政治和外交是唯法国的马首是瞻的，所以法国的政治如果没有什么大变动，比国的政治也就亦步亦趋，不会有什么大变动。比国的政党有天主教党，里面包括的是教徒，农民，资产阶级；自由党，里面包括的有财阀，工商界的领袖和一部分的知识阶级；社会党，里面包括的有工人，有知识阶级中人如大学教授，律师及其他自由职业者做领导；共产党。势力以天主教党和社会党的为最大，但经济实力操在自由党的手里。现在的局面，是天主教党和自由党联合战线压倒社会党，前两党为在朝党，后者为在野党。在这种形势之下，政治上的大权握在什么阶级的手里，可不言而喻了。共产党在国会里也有两三个议员，当二十三日那天新比王在国会里宣誓时，各党议员呼“国王万岁”，共产党议员则大呼“民国万岁”，大家也莫奈何他们，这如在以“马氏交通”触犯刑章的国家里，当然也是一件不可思议的事情！

讲到经济方面，比利时是欧洲最工业化的国家里面一个老资格，列日（Liege）的煤，在中世纪就有名的，铁和钢的工业，在十八世纪的末叶就发展了，现在这三种工业仍占最重要的位置。此外关于锌，铅，玻璃，纺织，也有大量的生产。从事农业的人民不到五十万人，从事工商业者却在两百万人以上。自世界经济恐慌发生以来，越工业化的资本主义国家，倒霉的程度也越高，比利时虽向来有富庶之称，也不能例外。试看他们的统计：一九三一年，工人失业人数为二十万零七千人；一九三二年增至三十五万人了；一九三三年增至三十八万三千人了。所以在比国布鲁塞尔极宽敞平滑的马路上，两旁的洋房和树荫多么美丽，你在这美丽的环境中就可发现着衣服破烂的变相的乞丐。有一个清晨，我和老友寄寒伉俪同在这样的一个道旁散步，就两次遇着这样变相的乞丐，手里拿着几根铅笔，伸着手向你要钱。其中有一个还有羞答答的样子，大概是初上任的，还没有得到多大的经验！据寄寒说，这都是失业的工人，在两三年前是从来没有看见过的。

布鲁塞尔有“具体而微的巴黎”之称。居民八十五万人，街道整洁，建筑美丽，市政修明，确很可引起人们的美感，但比巴黎当然尚望尘莫及。建筑物以大理院(Palace of Justice)为最宏伟，价值六千万法郎，占地比罗马的圣彼得教堂的地盘还大。欧洲的宏伟建筑物，最多的是教堂，其次是皇宫，此外则大理院也常夹在里面凑热闹，为游客常到之处。在我国，游客要特跑到审判厅去看看，大概很少。布鲁塞尔比巴黎，“微”则有之，“具体”还说不上。不过有一件事却不很“微”，那就是在热闹街市如Boulevard Adolphe Max一带，华灯初上，“野鸡”如鲫，我和寄寒伉俪及王君勤安等顺道过此，目见甚多。据说“野鸡”之外，还有不少公娼，那更可和巴黎分庭抗礼了！

记者在比虽仅前后四天，除到罗文(Liouvain)半天外，承蒙寄寒贤伉俪差不多天天陪伴着游览，所看的地方不少，比较重要的是他们博物馆的设备，国家虽小，对于民众教育的努力并不小。在同往参观历史博物馆的那一次，在同时游客中有三个美丽活泼的比国少女(依中国女子标准看去有十六七岁，但她们身体发育健全，据说实际都还不过十三四岁)，其中有一个尤秀媚，忽对我们几个外国人注意，跟着我们一块儿看，最后临别时，彼此分开了，她们还回过头来嫣然对我们说“再会”，我们也欣然还报以“再会”，虽心里明知道这“再会”是大概绝对没有希望的，可是那天真少女的美感，至今还萦回脑际。

比国的最大的殖民地是在南非洲的刚果(Congo)，在比京时也特地去看了他们的殖民地博物馆，内容是动、植、矿物的生产之丰富，同时用相片和模型表示土人之野蛮和迷信等文化落后的情形，受尽了种种的榨取剥削，还落得个不名誉的结果！比利时本国的全部面积不过一万一千余方里，而比利时的殖民地刚果却有九十万余方里，大了九十倍左右！

在比京也有所谓“无名英雄墓”，即在世界大战中阵亡兵士的坟墓。

在马路上经过这个地方的时候，不但走路的人都自动地脱帽致敬，就是在电车里的乘客，也都自动地脱帽致敬，这也可见一般民众教育的程度。记者也路过几次，尤其令人连带回想的是一九一四年蕞尔小国的比利时因德国侵入国境而英勇抗战的经过，德国原答应比国如许他们假道，决不侵犯，而比国毅然不许。当年八月五日，德军开始攻击，比将勒孟率领比军抗战四倍人数的德军至四十八小时，最后因避包围，退至Fort Loncin，仍收拾残军抗战，坚持一周之久，勒孟战倒于残墟中，昏迷失却知觉，被德军掳去，此役比军死亡四万八千人，德政府第二次提出要求假道，仍被比国拒绝，以后的情形，读者诸君都知道，用不着记者赘述。总之德军绝对不得在比国“不抵抗”中爽快通过，要进一步，便须吃进一步的苦头！当年十月十八日至三十日，德军要通过比国的野塞河(Yser)，被比军作十余日的死抗，比军死亡一万四千人，其英勇尤为历史上令人肃然起敬的一页，比军坚守这一小块仅余的国土，直至一九一八年大战终了时为止，未曾被德军占去，暴敌侵入国境是什么一回事，还有什么苟安图存的余地！比利时虽是蕞尔小国，她所以能卓然立于世界，也全靠这一点英勇抗战，令人不敢轻视的精神。当时毅然主持抗战的比王亚尔培和首当其冲而死抗到底的勒孟将军所以能留永思于比国人民心中者，不为无故。

一九三四年五月十一日，伦敦

游比杂谈之二

比利时是在欧洲经过战争最多的一个地方，这在上面已提及。滑铁卢(Waterloo)之战，也是这许多战争里面最著名的一个。记者曾于三月二十三日午后，和寄寒伉俪偕往滑铁卢一游，整整费了一个半天的工夫。滑铁卢是一个居民仅有四千人左右的小村，在比京布鲁塞尔之南十一方里，由布鲁塞尔去，乘一小时的电车可达。在一八一五年的六月，这是英将威灵顿(Wellington)驻扎抗战拿破仑的地点。拿氏以神出鬼没的战术，怀囊括全欧的野心，几乎所向无敌，最后经滑铁卢一败，真是中国话所谓“一败涂地”，皇帝没得做，关到圣赫伦那(St. Helena)岛上去，五年后便以一死了之。在当年六月十八日那天交绥的处所，就在这滑铁卢村上一个小墩名叫 Hougomont 的上面开始。现在仅是一个农场，设有一个陈列馆，陈列关于该次战争的遗物，在楼上有个圆形的大画室，却很别致，中间一个大亭，亭的周围有围栏，围栏外面离七八丈的周围，便挂着高十余丈的大油画，围着这个亭子。油画的内容是描写当时联军和拿破仑军队交战的情形。油画的下面和亭外的空地接连，在地上便用真草，真茅屋，以及逼真的人马枪炮等等的模型布置着，油画的上面是画着蔚蓝的天空，和亭子上面接连着，全部用电灯衬托出来，使看的人从亭子里看出来，好像身临战地似的。除这个陈列馆外，还有一个纪念此次战事的人造的狮子山（Mont du lion），这山是比利时于一八二三年及二六年间造成的，山高约一百五十尺，周围约一千七百尺，顶上中间有个铁铸的大狮子，二十四吨重，从山下可由二百二十六级的石级登到狮子的座子，座子周围及石级两旁都有铁栏杆围着。我们三个人都鼓着勇气爬到最高顶去远望了一番，这附近的四围便是数十万大军搏战之地，便是叱咤风云一世之雄的拿破仑大吃败仗的所在！天已渐渐的阴暗起来，匆匆下山回来，在电车里已是万家灯火了！

看到这个战地，使我回想到历史上关于此役有件趣事，那便是拿破仑自信必胜，唯恐威灵顿乘夜不战先逃！在六月十七日（一八一五年）的那个夜里，威灵顿和拿破仑的两方军队均驻扎在滑铁卢，等天明交战，拿皇帝把胜仗拿得十稳，深恐威灵顿在当夜乘黑暗中逃走，特于这个夜里——已经半夜了——离开他的居屋，只带着柏塔郎大将（Marshal Bertrand）一人相随，步行走出他的禁卫线，竟大胆地走到威灵顿驻扎地的前面周围的丛村附近。这时已是夜里两点钟了，拿皇帝在万籁俱寂中倾听，忽然听见有一队敌兵在黑暗中的步伐声，他想这一定是威灵顿乘夜里黑暗中拔营，这一营大概是他的最后的卫队了！他此时绝对梦想不到第二天威灵顿的军队会那样的死抗不退。虽以拿破仑的将才，一有轻敌之心，也免不了大吃败仗，这倒可给我们一个很好的教训！

记者于三月二十四日的上午费了半天的工夫去参观比国一个文化中心的罗文，有“比利时的牛津”之称，由比京乘火车去，不及一小时即到。罗文是属于比利时的卜拉邦（Brabant）省的一个城镇，居民约有四万人，而在该处的罗文大学的学生却有五千人左右，所以满街随处可以碰到男女大学生。他们或她们虽穿常服，却都戴有不一律的制帽，各科各级的学生，都各有其特殊颜色和标志的制帽，使人一望而知，有的制帽像我们所常见的睡帽一样，各学生同时是什么学会或团体的会员，还把许多金的或银的五花八门的徽章插在帽上的周围，很特别。该校虽男女同学，向例男同学和女同学不得两个人（即仅仅一男一女）在街上同行，否则一被学校当局看见，即须传去问话，麻烦得很，所以在街上确看不见有这样的现象，顽固习俗可笑，究竟不知道有什么充分的理由！该校以医工较著名，中国留学生有二十余人，前《大晚报》记者张君也在该校肄业，记者到后，承他引导参观。罗文街上极少车辆，清静安逸，与布鲁塞尔迥异。著名建筑有五百年历史的市政厅、宏丽的教堂及大规模的图书馆等。当一九一四年八月二十五日，该城被德军占据，有意放火焚烧，连烧三天，烧毁了一千多屋子，存有十五万卷以上名著的图书馆也遭了这个浩劫，大战结束后，屋子已大多数重建，图书馆也重建了（大半出于美国人的捐款）。在德军侵占比境时，比国当局只想到死抗暴敌，并未曾想到一面准备抵抗，一面把这些宝藏搬移到别处去，这大概因为他们深知国土一块一块地被暴敌侵占去，国且不国，搬移宝藏何用！况且他们没有不平等条约的妙用，没有什么租界可供移藏宝物，这也是比不上我们的！

比利时虽小，最有名的报纸，也有八九种之多，以《晚报》为最盛，印刷精美，插图尤佳，听说销数每日近百万。该报虽号称“晚报”，每日出版四次，每次遇有最新要闻，即加以补充。第一次约在下午三点半，第二次下午六点半，第三次夜里九点半，第四次半夜，便须在第二晨售卖了，故实际已包办了全日的新闻。至于各报对中国的态度，也学着帝国主义的大国的模样，尤其是学着英法报纸的常态，那就是不登中国的消息则已，一登总是丢脸的消息居多！不过仔细想来，这也不能尽怪别人，因为我们自己，尤其是负政治上责任的人，先要问一问我们自己是不是要脸，先要问一问我们自己干了什么不致丢脸的事情！

最后再谈谈在比的中国人。在比国的中国学生约有二百余人，在安特卫普(Antwerp)当水手的有百余人，青田小贩来来往往的也有四五十人。不久以前有驻西班牙的某比领受贿滥给护照，我国的青田小贩因纳贿而溜入比境者不少，后来这个领事的舞弊情形被比政府发现，革职查办，青田小贩被连累的都被驱逐出境。这些脑子简单的青田小贩们，认为花了钱得到了护照，有什么错处，故常到中国使馆请办交涉，而中国使馆则以此事在比政府认为违法行为，无法可想，在法律上收贿者被认为有罪，纳贿者也不是堂皇的事情，弄得很僵，况且做的是中国人，除准备着被驱出境的份儿外，更有什么话可说？讲到在比的中国青田小贩，去年八九月间却发生了一件趣事。有三个青田小贩同住在一个比国人的家里，那家房东有三个女儿，正好配上了这三位青田小贩，都发生了关系，其中有一个女儿年龄还在十六岁以下，于是她们的父亲在法院提出诉讼，控告他们。但是房东太太的这个丈夫在外面有了一个姘头，平日不但不住在家里，而且置经济于不顾，还是这三位青田仁兄常常接济她的家用，所以到开庭审判的那一天，这位非正式的丈母娘在法庭上大帮这三个青田小贩！那天观审的很多，中国使馆也派人去旁听。那位房东太太当着大众，对法官口若悬河地大讲她的一大篇大道理！她历数丈夫种种不顾家庭的罪状，极力赞扬这三个中国人如何如何的好！法官问问那三个女儿，也都说母亲的话不错，并且都表示愿嫁给这三个中国人。结果那个父亲大吃瘪，那三位祸中得福，喜出望外的青田仁兄各拥着娇妻，凯旋而回！这个案件，比国的报上只字不登，因为如把那位“丈母娘”的“中，比人的优劣论”那一篇大文章发表出来，在他们当然认为是和比国人的体面有关系的。

还有一件事，在布鲁塞尔的大规模的理发店里，请了两位中国的扦脚专家！我们中国洗澡堂里的扦脚情形，想读者诸君都知道的。这两位扦脚专家因为来修脚的多属舞女，享尽艳福，每月各有三五千法郎的收入，一位娶了法女为妻，一位娶了比女为妻。中国人在欧的著名的职业，一为洗衣，一为烧菜（开饭馆），现在大概要加上了扦脚！在巴黎时，有的法国朋友说，你们中国人的菜当然好吃，因为你们有了五千年的文明，烧菜的研究也有了五千年的历史了！现在出了扦脚专家，不知和五千年的文明也有什么关系没有！

比国人对中国的态度，讲到政治的方面，比国外交向来是亲法的，唯法马首是瞻，法在外交上对中国的态度既不佳，比也可想而知，例如中日事件发生后，比政府的态度即偏袒日本。讲到一般民众方面，可以说大多数对中国完全莫名其妙，大概看到青田小贩，便认为是中国人的代表，对于中国女子的印象，每以为仍是小脚，穿着他们在博物馆里所见的那种小脚鞋（寄寒的夫人生得娟秀，在比外交界便很出风头，报上把她的相片登出来，即每有出门，街上行人都要特别注意她，也可以说稍稍替中国女子争得一点面子，至少使他们知道中国的女子和他们殖民地博物馆里所陈列的刚果女子究竟不同）。不过他们里面有一部分人因为本国无所不小，而觉得中国则那么大得吓人：讲面积，一来就是四五百万方哩（比国面积只一万余方哩）；讲人口，一来就是四五万万人（比国人口只八百万人）。但是中国那么大，人又那么多，而却又那么无用——至少在现状之下——大概他们不免更觉得诧异吧！

一九三四年六月三日，伦敦

谒列宁墓

八月九日下午参观了布尔穴俘公社之后，由莫斯科的郊外回到城内，顺便弯到红场，去看列宁的墓，因为这墓在下午五时后才开放给大众看。每次在这样开放的时候，往往有两三千人在墓前的红场上排成蜿蜒曲折的双人队，顺序等候着走入墓门去瞻仰这位革命领袖。我们这天共乘着三辆特备的公共汽车，到红场时，已见有几千人排着双人队在那里等候着。他们向例对外国来宾特别优待，可不必在这长队中等候，先行进去。所以我们这三大辆汽车装到的八九十个“外国来宾”占着便宜，下车后另外排成一个双人队，先行进去。

列宁墓背着克里姆林的高墙，前面便是叫做“红场”的大广场——遇有阅兵或是其他游行大会，都在这里举行。墓全部是用深红色的大理石建造的，虽不甚高大，而气象却非常严肃。门口有红军的兵士两个持枪守卫，矮矮的门上刻着俄文“列宁的墓”字样。进门之后，有石阶引着向下走——向地窖走。向下走时，转过两三个弯，在每一个转弯处也都有红军的兵士持枪守卫着。我们这两人一排的队伍很静肃地向下走，最后走到一个地窖，靠墙的周围是略凸的两人一排可以通行的行人道，中央便是列宁的玻璃棺所在处。这玻璃棺是三角形（寻常的棺材是长的四方形，棺材头是四方形，列宁的玻璃棺是长的三角形，棺材头是三角形），全部是玻璃造的，里面有电灯很亮地照耀着，腰以下有绒毡罩着，腰以上全部现出；身上穿的有人说是工人的衣服，看上去是古铜色的哔叽制的，形式和在中国所谓“中山装”的一样，两臂都放在外边，一只手放在腰际。枕头是红绸制的，头上没有戴帽，可看见红黄色的头发，中央已秃。宛然如生，完全像闭着眼在睡觉。棺的两头各有一个红军的兵士持枪立正着，气象很严肃。我们想到列宁虽死，他的后继者仍能本他的主义和策略，努力向前干，天天在那里建设，时刻在那里发扬光大，他虽死而未死，中国成语所谓“虽死犹生”，他很近似，所以就算他不过是闭着眼在睡觉，也未尝不可。

我们两人一排的长队，很静肃地在这玻璃棺的四围走过，大家的眼睛当然都齐集在这玻璃棺里的“闭着眼在睡觉”的那位人物。出来的时候，还看见红场上成群结队的数千人在那里等候着。

在归途中，萦回于我的脑际的，还是刚才看到的在那玻璃棺里的“闭着眼在睡觉”的那位人物。在苏联的建设得着了成功的今日，我们也许很容易想到他的成功，但我在此时却想到他在失败时期对于艰苦困难的战斗和克服，却想到他的百折不回、屡败不屈的精神。

他的三十年的政治活动可当作一部战斗史读。

读过俄国革命史的人都知道在革命斗争中有布尔什维克和孟什维克的对立；前者是由列宁领导的。他对于孟什维克始终不肯马虎迁就（因为他看准了布尔什维克政策的正确，孟什维克路线的错误），在当时却有不少人希望这两派能合，怪列宁固执，责他毁坏了党，甚至于说：“假使他在什么地方失踪，死去，那是党的多么的幸运！”孟什维克的健将丹因也说过这样的愤语，列宁的一位最忠实而勇敢的老友克立成诺夫斯基曾对丹因问道:“一个人怎能毁坏全党,而且他们抵抗这一个人就那样地无用,以致诅咒他快死?”丹因回答得很妙,他说:“因为没有别的一个人像他那样每天二十四小时都为着革命忙,除想着革命没有别的念头,甚至在梦中所见的也只是革命。你想象这样的一个人,你能奈他何呢!”说列宁继续不断地奋斗,这固是事实;但我们如不再作进一步的研究,这种说法仍近于肤浅。尤其重要的是他的革命的行动——百折不回的斗争——是根据于他对于主义的彻底的了解和信仰。他拿住了这个舵,无论遇着什么惊风骇浪,别人也许要吓得惊慌失措,在他却只望清彼岸,更加努力向前迈进。他在无论如何困难,艰苦和失败的时候,他的信仰从来没有丝毫动摇过——我认为这是他所以不受失败沮丧的最大原因。当一九〇六年全党代表在斯德哥尔摩开会的时候,孟什维克占多数,列宁所领导的一派失败,他的信徒有些不免垂头丧气的,列宁咬紧牙根,对他们说道:“不要埋怨,同志们;我们断然要获得胜利的,因为我们是对的。”他在失败中认为“断然要获得胜利”,这不是空中楼阁,是有“对的”根据。有正确的主义做根据的策略,才是“对的”策略。

但是“对的”政策却也不能自动——不能由袖手旁观而坐待其成的——必须有义无反顾勇往直前的努力,才有达到目的的希望;列宁在被刺的前一刹那,在米契尔生工厂(Michelson)里工人会议中演讲,最后一句话是“非战胜即死亡”,这不是一句空话,他的一生便是这句话的表现。

还有一点也很重要:列宁一生的政治活动,始终不是立于“个人的领袖”地位,却总是代表着比任何个人都更伟大的一个以勤劳大众为中坚的大“运动”,这运动在他未产生以前就存在,在他死后还继续着下去的。

一九三五年二月一日夜,伦敦

雅尔达

克里米亚半岛是全苏联最美丽的区域，而雅尔达则为克里米亚半岛上最美丽的区域。这最美丽的雅尔达，后面有四千尺的高山为屏障，前面是半圆式的凹进，被黑海包围着，差不多没有一所屋子没有花园，青山碧海，全城浸在青翠的环境中，沿着海滨便是无数的游泳沙滩（有的上面是卵石）。

我们于八月二十日初到的下午，旅伴中就有不少对着这些游泳沙滩跃跃欲试的男女朋友们，二三成群的，分往一试身手。我也被几位朋友拖去。我的游泳功夫虽十分"蹩脚"，幸而在中学时代，有一个暑假住在上海青年会的学生寄宿舍里，曾经学过一些，不然，被这些英美的男女朋友拖去，倘只作"壁上观"，却是一件难为情的事情。可是他们胆大，敢游到几十码以外的海面去，浮沉自如，纵横如意，我就只敢在海滨近处游游，免遭灭顶之祸！我在雅尔达三天，被这班朋友的劲儿所鼓励，几乎每天于参观余隙，都随他们到海滨去游泳一些时候。这种游泳也确是异常舒服。岸上像黄金似地铺满了阳光，脱去衣服，晒得暖暖的，往海里一钻，那水里的温度，使你好像冬季钻在温暖舒适的被窝里一样，简直舍不得出来！最自然的是在好几处的沙滩上，苏联的男女游泳者都不穿游泳衣，全身脱得精精光，习惯成自然，大家一点不觉得奇异。许多美国来的男女朋友更喜欢依法炮制，因为在美国是要受警察干涉的，在这里便尽量地可以这样自由（英国男女本来是比较守旧的，到此也受着环境的影响，不再守旧了）。我临时买的一条游泳短裤，也被一位朋友抢去，不许穿！我也只得追随着他们做做"自然人"了（其实一人如单独穿着一条短裤，反而为众目所集中，本来也不能穿）。赤裸裸一丝不挂，夹在许多男女朋友里面摇摇摆摆，谈的谈，走的走，大家很自然，我至少也要装作很自然的样子，后来的确也真觉很自然了。这倒是我生平破题儿第一遭！这些英美的男男女女，人人都会游泳，而且都兴致淋漓，这也是他们体格健强的一个原因吧。

在雅尔达的海滨游泳当然是一件愉快的事情，但是我的目的不在游泳而在参观——有的美国学生竟用全日工夫在游泳里面，或至少有许多时候在海滨上——八月二十一日，第一次所参观的是列伐低亚（Livadia）。这是帝俄罗曼诺夫皇朝最末了的一个皇帝尼古拉第二在最美丽的雅尔达遗留下来的一个最美丽的别墅，现在却成为工农大众的一个最好的疗养院了！

这个别墅建筑于一九一〇年，全部用白色音克门石和大理石建成，屋为三层，周围是奇花异草艳美无匹的花园。从花园到这三层的宏丽皇宫，有一个门在从前是专备俄皇一个人用的。在这门口地上有个马蹄铁（即马脚下钉着的铁蹄，像U形吸铁一样），据说是尼古拉第二亲手钉的。欧洲有一种迷信，认为拾得马蹄铁是好运道的吉兆，要把它钉在门口，但是要把U的形式开口处向内，认为这样好运道才会向里跑。有着同样迷信的尼古拉第二却把这马蹄铁钉得倒置了！他是最喜欢酗酒的，这大概是他刚在喝醉时糊涂的表现；但是他既是炙手可热的皇帝，当时谁也不敢说他错了。有人说，他的好运道就从此向外跑了！尤好笑的是这个“皇帝专用”的门内的大理石建造的楼梯，特别的阔，石级可特别的低，据说这是当时有意地这样造，因为这位“沙皇”常常喝酒喝得烂醉，这样他登梯或下梯时可用最少量的力气，踯躅着上上下下！这可说是替懒皇帝想尽懒法子！

这皇宫内部装设的富丽，那是不消说的。楼上皇帝、皇后及皇太子、公主等等住的房间，都是朝着黑海海滨最美的景致。各房间里的墙上都用很讲究的木板装着，花样和颜色须和各房间里所摆设的器具调和融合；而各房间里的布置，并且须和这房间里的窗上映进的外面美景调和融合。但是尼古拉第二到底好像真是“好运道向外跑”，虽有这样富丽精美的别墅，他自己只到过这里三次，每次时间都不久，还是他的家属住得久些。可是吸尽人民的膏血以供一人及少数寄生虫的豪奢纵欲，总算发挥尽致了！

现在这别墅作为工农的疗养院，可容一千五百人。各房间里的布置仍可看到原来的东西，但各房里却多了一样东西，那便是一排一排的小铁床，上面铺着洁白的被垫，好像医院里的样子。里面有的是男工人，有的是女工人（另聚一室），有的是乡间来的农民。这个疗养院原指定偏重农民疗养之用，所以在冬季几乎全是农民来住。他们是由全苏联各地来的，来住在这里，不但膳宿完全免费，就是来往的旅费，也不必自己挖腰包。这种优待，当然是那些工作特优，或为“突击队”队员，工作过劳，在例假中由工会或集体农庄送来享受的。这里有医生，有看护，有病的可在此养病。没有病的也可来此休养，饱览附近的山水。这是工作后的休养，和从前仅供少数剥削的有闲阶级来此消磨无聊的时光，作用便大大地不同了。

尼古拉第二从前所用的浴室，现在做了这个疗养院的院长办公室！浴室和办公室是多么不相干的东西，竟可交换，也是一件趣闻。我们和这院长谈话时，便都挤在这个尼古拉第二的浴室里！院长穿着白布外衣，和医院里的医生一样。尼古拉第二的卧室天花板，地板和墙上都是用极精致柔滑的黄杨木（box-wood，很像柚木）造的，墙上并装满着镜子，因反映作用，好像把窗外的海景、山景、园景都吸收在这个房间里。现在这个房间里排着七个铺位，做了女工休养的卧室。从前皇帝和皇族用的非常讲究的餐室，现在当然也做了工农劳动者的公共食堂了，每次可坐二百二十人。

这宫内的各部分的建筑的形式和装设，还有不少的花样；有的是罗马式，有的是文艺复兴式，有的是威尼斯式等等。我们看到所谓"意大利区"（Italian Quarters），该处的厅堂、天井、走廊等的建筑布置，当然都是照着意大利的特别典型。在走廊上有一只长石椅，据说由著名建筑工程师某打样监造，最初他依照所谓意大利式的真典型造成了一个石椅，尼古拉第二看了觉得太简单，嫌不好看，叫这位工程师来训斥一番，打他一个耳光，命他撤去，另造过一个。这工程师气极了，当面又不好发作，便另打过一个新样，并不合于什么意大利式的真典型，在石椅两头的靠手上加了两个石刻的狗头，而且狗脸的特点（如额角、鼻子、嘴角、眼神等等）却和尼古拉第二自己的脸暗合！造好之后，这位糊涂皇帝认为满意！全宫的人都看得出，只抿着嘴暗笑，但因为怕犯"天怒"，不敢说明。至今这"皇帝式的狗脸"还存在，仔细瞧瞧，确和相片上的这位糊涂皇帝的脸暗合！

我们在音乐室里遇着一个女人在那里弹钢琴，旁边一个男工人立着倾耳静听。我们围聚着和他们谈谈，知道男的是金属工人，因他成绩优异，已三次到克里米亚休养：第一次在一九三一年，是由厂里的工厂委员会保送的；第二次在一九三二年，是由厂里的经理部保送的；这是第三次，是由金属工会保送的。那女工是某厂里的突击队队员，因在第一次五年计划中成绩优异，能独出心裁想出好法子，替厂里减少材料的消耗，由工厂委员会保送。两人都将在这疗养院里住一个月。据说如有一定的疾病，由医生指定最适宜疗养区域；无疾病而只要休养的，可自选地方。我们问了几个问题之后，那女工也提出两个问题来问几位美国朋友。一个是他们来苏联游历有什么目的？这个问题，他们很一致地答复了。还有一个问题是："你们有同样的权利（按指优待工人如住在这疗养院等等）给你们的工人们吗？"这问题却引起了不一致的答复。有一位在纽约做青年会总干事的某君答说有，有几个思想清楚、不愿说门面话的美国人老实说没有。这位青年会总干事对几个美国人轻声低语道："你们不要使他们看不起美国啊！"这几个美国人和这位总干事先生竟争做一团！那苏联的男女工人睁着眼发愣，莫名其妙！在这皇宫外面沿海的一带还有一条所谓"御道"，长约一哩，是一条很平坦的沿着海滨穿过丛林的马路，据说是专备尼古拉第二散步用的，故称"御道"，在从前当然也是禁地。从不梦想做"皇帝"的我们，也大踏步在这条"御道"上散了一回步！我对同行的巴尔和柏西说，那常在烂醉中的尼古拉第二能否真在这里散步，倒是个疑问；我们却真在这里散我们的步了。我们在这"御道"上时时碰着一二十或二三十成群结队的男女工人或农民，也在来来往往游行着，个个平民都做了"皇帝"了！

一九三五年四月二日晚，伦敦

由柏明汉到塞尔马

我因为要看看美国南方的黑农被压迫的实际状况，所以特由纽约经华盛顿而到了南方“黑带”的一个重要地点柏明汉，这在上次一文里已略为提到了。我到后住在一个小旅馆里，茶房是个黑青年，对我招待得特别殷勤，再三偷偷摸摸地问我是不是要旅行到纽约去，我含糊答应他，说也许要去的，但心里总是莫名其妙，尤其是看到他那样鬼头鬼脑的样子。后来他到我的房里来收拾打扫，左右张望了一下，才直着眼睛对我轻声诉苦，说在那里日夜工作得很苦，衣食都无法顾全，极想到美国北方去谋生，再三托我到纽约时替他荐一个位置，什么他都愿干，工资多少都不在乎，唯一的目的是要离开这地狱似的南方。他那样一副偷偷摸摸，吞吞吐吐的神气，使我发生很大的感触，因为谋个职业或调换一个职业，这原是每个人应有的自由权利，但在他却似乎觉得是一件不应该的犯法的事情，一定要东张西望，看见没有旁人的时候，才敢对我低声恳求，这不是很可怜悯的情形吗？这个黑茶房又在我面前称羡中国人，说在该城的中国人都是很阔的，尤其是有个中国菜馆叫做加

Joy-Young，这里面的老板姓周，置有两部汽车，使他津津乐道，再三赞叹。我依着他所说的地方，去找那家中国菜馆，居然被我找到了，布置得的确讲究阔绰；有两位经理，一个姓卢，一个姓周，他们虽然都是广东人，我们幸而还能用英语谈话，承他们客气，对于我吃的那客晚饭，一定不要我付钱。据说该城只有中国人四十五人，都有可靠而发达的职业，有大规模的中国菜馆两家，小规模的中国菜馆一家。因为那里的中国人在生计上都很过得去，衣冠整洁，信用良好，所以该城一般人对于中国人的印象很好。后来我见到R君（即热心招呼我的一位美国好友，详见上次一文），问起这件事，他也承认在该城的中国人比较地处境宽裕，但是因为这样，他们自居于美国资产阶级之列，对于劳工运动很漠视，赞助更不消说。他的这几句话，我觉得不是没有根据的，因为我曾和上面所说的那个中国菜馆的经理周君谈起当地人民的生计状况，他认为当地的人民里面没有穷苦的，而在事实上我所目睹的贫民窟就不少——虽则绝大多数是属于黑人的。但在我听到中国人在该城还过得去，这当然是一件可慰的事情，至于他们因生活的关系，有着他们的特殊的意识形态，那又是另一件事了。

R君告诉我，说一般人都很势利，所以叫我在街上走的时候，要挺胸大踏步走，对任何人不必过分客气，如有问路的必要时，可先问怎样走回塔特乌益勒旅馆（Tutwiler Hotel），因为这是柏明汉最大最讲究的一个旅馆，有人听见你住的是这个旅馆，一定要肃然起敬，认你是个阔客！这样一来，他便要特别殷勤，你问什么他就尽力回答你什么。可是我从来没有装过阔，这在我倒是一件难事，幸而柏明汉城并不大，街道整齐，还易于辨别，所以也无须装腔作势来问路。

诚然，如果你不到许多贫民窟去看看，只看看柏明汉的热闹区域和讲究的住宅区，你一定要把它描写成很美的一个城市。它的市政工程办得很好，因为街道都是根据着计划建成的，所以都是很直很宽的，转角的地方都是直角，方向都是正朝着东西南北的。你在这样市政修明的街道上。可以看见熙来攘往的男男女女——指的当然是白种人——都穿着得很整洁美丽，就是妇女也都长得很漂亮，白嫩妩媚得可爱，不是你在纽约所能多遇着的。

我有一天特为到一个很讲究的理发店里去剪发，那个剪发伙计的衣服整洁，比我还好得多，我有意逗他谈谈，才知道他对于中国人很欢迎，说中国人和美国人是一样的高尚，他同样地愿为中国人服务。但是我一和他提起黑人怎样，他的和颜悦色立刻变换为严肃的面孔，说他决不许"尼格"进来，"尼格"哪配叫他剪发！我说"尼格"一样地出钱，为什么不可以？他说你有所不知，只要有一个"尼格"进来，以后便没有白种顾客再到这个店里来剪发了，所以他们为营业计，也绝对不许"尼格"进来的。

我曾亲到黑人的贫民窟里去跑了许多时候，他们住的当然都是单层的破烂的木板屋，栉比的连着。我曾跑到其中一家号称最好的"公寓"去视察一番，托词租个房间。起初那个女房东很表示诧异，我说我是在附近做事的，要租个比较相近的安静而适宜的房间，她才领我进去看，把她认为最好的房间租给我。我一看了后，除破床被椅而外，窗上只有窗框而没有窗，窗外就是街道。我说这样没有窗门的房间，东西可能随时不翼而飞，如何是好！她再三声明，只要我肯租，她可以日夜坐在窗口替我看守！我谢谢她，说我决定要时再来吧。我在这许多龌龊破烂的贫民窟跑来跑去的时候，尤所感触的是这里那里常可看到几个建筑比较讲究的教堂，有时还看见有黑人牧师在里面领导着黑人信徒们做礼拜，拉长喉咙高唱圣诗。教堂也有黑白之分，专备白人用的教堂，黑人是不许进去的。这事的理由，不知道和上面那位剪发伙计所说的是不是一样！

美国南方的资产阶级把剥削黑人视作他们的"生命线"，谁敢出来帮助黑人鸣不平，或是设法辅助他们组织起来，来争取他们的自由权利，都要被认为大逆不道，有随时随地被拘捕入狱或遭私家所雇的侦探绑去毒打的机会。

柏明汉以铸钢著名，还是一个工业的城市，我听从R君的建议，更向南行，到塞尔马去看看变相的农奴。

塞尔马是在柏明汉南边的一个小镇，离柏明汉一百十二哩，是属于达腊郡(Dallas County)的一个小镇。人口仅有一万七千人，这里面白人占五千，服侍白人的仆役等占二千，变相的农奴却占了一万。以一万二千的黑人，供奉着那五千的白人！这是怎样的一个社会，可以想见的了。

由柏明汉往塞尔马，要坐四小时的公共汽车。那公共汽车比我们在上海所用的大些，设置也舒服些，有弹簧椅，两人一椅，分左右列。两椅的中间是走路的地方，这样两椅成一排，由前到后约有十几排。两旁的玻璃窗上面有装着矮的铜栏杆的架子，可以放置衣箱等物。开汽车的是白人，兼卖票，帮客人搬放箱物。他头戴制帽，上身穿紧身的衬衫式的制服，脚上穿着黄皮的长筒靴，整齐抖擞，看上去好像是个很有精神的军官。我上车的时候，第一排的两边座位已有了白种乘客坐了，我便坐在第二排的一个座位上。接着又有几个白种乘客上来，他们都尽前几排坐下。随后看见有几个黑种乘客上来，他们上座位时的注意点，和白种乘客恰恰相反。白种乘客上车后都尽量向前几排的座位坐下；黑种乘客上车后却争先恐后地尽量寻着最后一排的座位坐起。这种情形，在他们也许都已司空见惯，在我却用着十分注意和好奇的心情注视着。渐渐地白的由前几排坐起，向后推进，黑的由后几排坐起，向前推进，这样前的后的都向中间的一段推进，当然总要达到黑白交界的一排座位。那个黑白交界的座位虽没有规定在哪一排，但是前几排坐满了白的，后几排坐满了黑的，最后留下空的一排，只需有一个白的坐上去，黑的就是没有座位，也不敢再凑上去；反过来，如只有一个黑的坐上去，白的也不愿凑上去。所以在交界的地方，总是黑白分得清清楚楚，一点不许混乱的。我这次由柏明汉乘到塞尔马的那辆公共汽车开到中途的时候，最后留下的空的那一排座位上坐上了一个黑种乘客，照地位说，那一排还有三个人可坐（两张椅，每张可坐两人，中间是走路的），但我看见有一个白种乘客上来，望望那一排座位，不进来坐，却由汽车夫在身旁展开一张原来招拢的帆布小椅，夹在第一排的两椅中间（即原来预备走路的地位）坐下。等一会儿，又有一个白种乘客上来，那汽车夫又忽而从近处展开一张同样的帆布小椅给他夹在第二排的两椅中间坐下。我记得当时第六排起就都是黑人，我不知道倘若继续上来的白种乘客即有帆布小椅可坐，挤满了第五排的中间以后，怎样办法。可是后来白种乘客并没有挤到这样，所以我也看不到这样的情形。这种帆布小椅小得很，只顶着屁股的中央，尤其是那位大块头的中年妇人，我知道她一定坐得很苦，但是她情愿那样，虽然有很舒服的沙发式的座位，因为在黑人一排而不肯坐。而且挤坐在两椅的中间，一路停站的时候，后面客人走出下车，她还要掩开自己的肥胖的躯体让别人挤过，怪麻烦的，可是她情愿这样。不但她情愿这样，那个汽车夫以及全车的客人，除我觉得诧异外，大家大概都认为是应该这样的。

那个黑白交界的两排座位——一黑一白——是随着黑白两种乘客在一路上增减而改变的。例如在中途各站，白人下去得多，黑人上来得多，那黑界就渐渐向着前面的空的座位向前推；如黑人下去得多，白人上来得多，那白界也就渐渐向着后面的空的座位向后推。我后来看到最后留下的那一排座位坐着一个白人，忽然有一个黑女上来，那黑女穿得很整洁，人也生得很漂亮，手上还夹着几本书，但是不敢坐上那一排上空的位置，只得立在门口。车子在那段的路上颠簸得颇厉害，但是她屡次望望那几个空着的位置，显着无可奈何的样子！我尤其恻然的，看见有三四岁天真烂漫的黑种孩子，很沉默驯良地跟着他的母亲坐在后面，又很沉默驯良地跟着他的母亲从后面跟着出来下车。他那样的无知的神态，使你更深深地感觉到受压迫者的身世的惨然。大概中国人到美国南方去游历的还少，尤其是在那样小城小镇的地方，所以汽车里面的乘客，无论是白的是黑的，对于我都表示着相当的注意，至少都要多望我几眼；但是他们所能望到的只是我的外表，绝对想象不到我那时的心情——独自孤零零地，静默地坐着，萦回于脑际的是被压迫民族的惨况和这不合理的世界的残酷！

在途中还时常看见住在小板屋的“穷白”，他们的孩子因营养不足，大抵都面有菜色，骨瘦如柴。

我到塞尔马的时候，已经万家灯火了，在柏明汉没有住成青年会寄宿舍，到这里却住成了青年会寄宿舍。当夜我只到附近的一两条街市跑跑，后来才知道这个小镇的热闹街市就不过这一两条，可是市政却办得很好，不但热闹的街道，就是住宅区的街道也都广阔平坦，都是柏油路。商店都装潢美丽整洁。第二天跑了不少住宅区，玲珑精美的住宅隐约显露于葱郁的树荫花草间，使我想到这是一万多黑人的膏血堆砌成功的，使我想到在这鸟语花香幽静楼阁的反面，是掩蔽着无数的骷髅，抑制着无数的哀号！我们读历史，都知道美国有个林肯，曾经解放过美国的黑奴，但是依实际的情形，美国现在仍然有着变相的农奴（这变相的农奴也就是黑奴），所谓解放黑奴，只是历史教科书上的一句空话罢了。“变相的农奴”这名词，我是用来翻译在美国南方所谓“Share-cropper”的，在英语原文的这句词可直译为“收成的分享者”。这原来可说是不坏的名词，因为农业有了收成，请你来分享一部分，这有什么坏处？但是在实际上这号称“收成的分享者”却丝毫“分享”不到什么“收成”，只是替地主做奴隶，所以我就把它意译为“变相的农奴”，使名副其实，以免混淆不清。这种变相的农奴除了自己和家人的劳力以外，一无所有。地主把二三十亩的田叫他和他的家人来种棉花——美国南方是产棉区。由地主在田地里的隙地搭一个极粗劣狭隘的板屋给他全家住，供给他农具和耕驴。在表面说来，到了收成的时候，他应可分得一部分的棉花，但在事实上地主并不许他自己占有这一部分棉花的售卖权。地主所用的方法，是强迫这黑奴和他的家人用他替他们所置办的极粗劣的衣服和粮食，以及其他家常需用的东西。到了收成的时候，由地主随便结账，结果总是除了应“分享”的部分完全抵消外，还欠地主许多债。这种债一年一年地累积上去，是无法偿清的，在债务未偿清以前是无法自由的，不但他自己要终身胼手胝足替地主做苦工，他的全家，上自老祖母，下至小子女，都同样地要替地主做苦工。在南方的地主们数起他所有的变相的农奴，不是以人数，却以家数。例如一个地主说他有着十家的“收成的分享者”，这意思就是说这十家的大大小小都跟着那每个家里的变相的农奴一同为地主服役，没有工资可说的。所以说是十家，把人数算起来，也许要达一百多人。我除到了附近的乡村步行视察外，还雇了一辆汽车到塞尔马郊外的农村去看了好些时候，看见东一个大田中间有一个板屋，西一个大田间有一个板屋；这板屋就只是一个破旧的平房，黑奴几代同堂都塞在里面。在那里，你可以看到褴褛不堪的男男女女，大大小小，横七竖八地坐在门口地下，外面晒着炎热的阳光，他们就在这样的环境里呆坐着。那天正逢着星期日，他们照例是无须做工，但也无法出去娱乐，其实也无处娱乐，所以只得呆呆地在炎暑之下呆坐一天！他们平日工作是没有一定的时间的，从天亮起，一直到天黑为止！塞尔马的街道那么好，但却没有任何街车，因为地主们都有汽车，奴隶们就只配跑腿。全家服役的变相的农奴们，因此也只有局促在狭隘肮脏的小板屋里，无法出去；就是出去，也没有什么地方可去。他们乘车的时候也有，我在乡间亲眼看见地主把运货的塌车运输黑奴，一大堆地挤着蹲在里面，和运猪猡一样！

依法律虽不许买卖人口，但是在美国的南方“黑带”里，甲地主要向乙地主让若干变相的农奴，只要出多少钱给甲地主，以代这些变相的农奴还债为词，便可用塌车整批地运走，因为他即成为这些农奴们的新债主，有奴役他们的权利了！这不是变相的农奴是什么呢？

原载一九三六年九月《世界知识》第四卷第十二号

黄石公园和离婚胜地

黄石公园真够得上一个“大”字！它的面积共有三千三百五十方哩，长达六十二哩，阔达五十四哩，占怀俄明州的西北部，并朝北伸入蒙大拿州两哩余。公园的四面都有大森林包围着。公园的中央有着八千尺高的火山高原。里面有溪有湖，有怒涛汹涌的温泉，尤其吸引游客的是喷出高达一百五十尺的温泉，好像放花似的。据说每六十五分钟即喷出一次，每次喷泉能持至四分半钟。还有温泉洞，继续不断地发出惊人的吼声。此外还有一个奇景是奇大无比的山岩被河流劈开，河流已干，而两旁壁立千仞的危岩却巍然可见。这岩谷他们叫做“Grand Canyon”，两旁石壁高达八百尺至一千一百尺，阳光反映，美更无匹。这个公园里并有不怕人的熊，见人不避，亦不妨害，听说可从游客手上吃东西，但是非胆子大的人仍未敢尝试。我们穿过这个奇大的公园之后，于当天下午七点钟达到犹他州西北部的盐湖城(Salt Lake City)，这里有十四万余人口，算是一个较大的城市，街道店铺都很讲究，附近有个盐水湖，是完全盐水的，有许多人到那里去游泳，我们三个人也去尝试了一下。钻下水去游泳一会儿，露出身来，满身就都散布着亮晶晶的盐花，游完后要到湖边特设的淡水淋浴，把身上的盐水冲洗干净。我游到较深的地方，不留神喝了一大口盐水，咸得要命，弄得好久不舒服。由盐湖城再西行，要经过一个长途的沙漠，白天炎热非常，要在夜里启程，所以我们在二十一日这一天大游其盐水湖，到当夜十点三刻钟才向沙漠进发。这个整夜就在两边沙漠茫茫中向前开快车（仍有很好的公路），虽在夜里，气候仍比白天热得多，除开车的一人外，其余两人都大打其瞌睡。第二日（二十二日）早晨开到内华达州的西部一小镇叫做爱锁（Love Lock），因为一夜的疲顿，找到一个“木屋”，大家赶紧洗了一个澡，一睡就睡到下午三点钟才起来。二十三日上午八点钟离爱锁，下午四点钟到世界著名的离婚城雷诺（Reno）。

雷诺是在内华达州西部的一个镇，人口约一万八千余人。这小小的一个地方，所以闻名于天下的，就是因为那是一个离婚最容易的地方。我们到了之后，最注意的当然也是这件事，但是当天已晚，第二天才去参观当地的法庭。这里的法庭几乎是包办离婚的案件，因为别的地方遇着离婚感到困难的就跑到这个地方来解决。而且解决得真快！每件案子只有寥寥数句话，十分钟左右便可结束，所以我们坐在法庭旁听席上不到半小时，已看到三四起的离婚案件结束了。所看到的几个案子，都是女子来和男的离婚，而且只原告到案，被告不到案，也没有什么辩论。在这样法庭上做律师，真是便当之至！来离婚的女子，有半老的徐娘，有老太婆，也有青年女子。有一个青年女子在庭上已达到了离婚的目的，退庭时热泪竟夺眶而出，怪伤心似的！不知道她是追念前尘影事而不禁伤心呢？还是别有不足为外人道的苦衷？这却不是局外人所能猜度的了。庭上有个律师名叫章生（Kendrick Johnson），因为他以前交过中国人做朋友，对于中国人特别有好感，看见在旁听席上有个中国人的我在，竟引起他的注意，退庭后就来找我谈话。在法庭上匆匆未能尽意，约他午餐后再去访问他一谈，他答应了。我们午后便按时同到他的事务所里去谈，由他那里知道了不少关于离婚的情形。

在雷诺进行离婚的法律手续有个重要的条件，便是须先在该处住了六个星期。住了六个星期，然后可以根据下面的九个理由中的任何理由起诉：

(一) 在结婚的时候即不能人道，在离婚的时候还是这样。

(二) 自结婚后即犯通奸，仍不为对方所宽恕者。

(三) 任何时候，任何一方为对方所有意遗弃达一年时期者。

(四) 犯重罪或不名誉的罪。

(五) 酗酒的习惯，任何一方自结婚后即犯此恶习，以致对于家庭的维持发生影响。

(六) 任何一方有极端的虐待行为(精神的或身体的)。

(七) 丈夫忽略供给生活上的一般需要达一年时期者，唯此种忽略须不是由于丈夫贫穷的结果。

(八) 在起诉前的两年内犯了神经病。

(九) 双方分居已达五年的时期。

如果被告虽不愿亲自出庭争辩，但却委托律师出庭，那么在六个星期的时期届满之后，亦可由法院立即开庭判决。如果被告既不愿亲自出庭争辩，也不委托律师出庭，那么在文件送达被告之后，须再等候三十天，然后才可以开庭审问。这样算起来，住了六个星期，还要加上三十天。不过六个星期一定要住在本地，至于那三十天，原告是可以随意离开雷诺的。倘若被告的住址不明，无法传达，那末必须把传票登在本地的日报上，每星期登一次，连登四个星期，末期登出之后，还要再等候三十天，然后才可以开庭判决。这样算起来，住了六个星期，加上四个星期又须加上三十天。但是同样地，也不过六个星期一定要住在本地，至于那随后的四个星期和三十天，原告也是可以随意离开雷诺的。

必须住在本地六个星期，有提出证据的必要；离婚原因如果是神经病也有提出证据的必要。除这两点在法庭上须举出事实为证据外，其余一切都无须举出事实为证。这也是替要求离婚者大开方便之门！这里的法庭一年开到底，一点不间断，要离婚的无论何时都可以光顾，这也是替有意离婚者大开方便之门！如果起诉者要求关门审判，禁止旁听，法庭也可以"唯命是听"，把一切旁听的人和新闻访员都拒之门外，这又是"服务"得多么周到！就是双方都有错，但是法庭仍可为着错得少的一方准许脱离，所以离婚的成功总是有把握的！

据统计所示，一九三四年在雷诺离婚的案件达二千六百六十五件。依该处法庭所给予的种种便利，这数量似乎还不算怎样惊人，这是什么缘故呢？我想一定是经济的问题。我在纽约时，亲见有某机关的一个女书记，早就想到雷诺去提出离婚，但是要请假六个星期，要在雷诺住六个星期，要出律师公费，要出诉讼费，还要算算来往的一笔路费——这种种都是她不得不费些功夫筹谋一番的。听说她惶惶然凑足了千余圆，才敢动身到雷诺去。简单说一句，无论怎样便利，还只是替拿得出钱的人谋便利，没有钱的人免开尊口，因此，据说雷诺的"营业"近几年来也很受到经济恐慌的打击。

这种地方，律师业当然很发达，以人口不过一万八千余人的小镇，听说律师竟有八百人左右之多！

不但律师们沾光，雷诺的旅馆业以及其他部分的商业也都把旅客们当"洋盘"看。我们是过路客，并不是要来离什么婚的，但是无意中也做了一次小"洋盘"！事实是这样：我们到的第二天早晨，我和G因为头发已太长了，一同出去剪头发。跑进一家很平常的理发店去剪。在纽约剪发，像这样的小店，每人不过两三角或三四角钱就行，但是我们在这里剪完之后，每人却须付七角半，我们两人出了店门，都面面相觑，现出诧异的样子。所谓雷诺原来就是如此！

原载一九三七年五月上海生活书店版《萍踪忆语》

辑三　爱与人生

爱与人生

天下极乐之根源莫如爱，天下极苦之根源亦莫如爱。然苟得爱之胜利，则虽极苦之中有极乐存焉。则谓爱亦极苦之根源，实表面之谈。谓爱为极乐之根源，乃真天地间万古不变之真理也。其势力盖足支配芸芸众生，无有能越其界限者。得之则人生有价值，不得则人生无价值。知此则人生有乐趣，不知此则人生无乐趣。爱为人生之秘机，爱为人生之秘钥。人兽之别，即系乎此。

天地间爱之最真挚者有二，曰母子之爱与夫妇之爱。孟子谓三军可夺帅，匹夫不可夺志。母子之爱与夫妇之爱，虽赴汤蹈火，绝脰殊身，有不能损其毫末者。其精神直可动天地，泣鬼神，莽莽大地，芸芸众生，至德极善，无以逾此。母子之爱占人之前半生，夫妇之爱占人之后半生。人之一生，盖为爱所抚养，爱所卫护，爱所浸润，爱所维持。人生无爱毋宁死，人生有爱虽死犹生。

母子之爱与夫妇之爱皆本诸天性，与有生俱来，不过表现有先后。其潜伏于本能中，则因其同为天地间最纯最洁之爱，根源即在乎此。

儿童终日与慈母相依，亲近抚爱，融和如春。无第三人离间其间。母子心目中，除爱外，无所用其顾忌，无所用其避嫌，无所用其抑制。故能存其天真，保其真爱。

夫妇之爱，其出于天性，与母子同。然在吾国则但见母子之爱，至于夫妇间则十八九皆冷淡如路人，与天性适相背驰，则又何哉。

吾固已言之，母子之爱占人之前半生，夫妇之爱占人之后半生。若仅得母子之爱而缺夫妇之爱，则谓大多数人仅生得一半。前半生有其生命，后半生虽生犹死，殆非过言。呜呼，何吾国死人之多也。吾为此惧，请为国人一采其致死之由。

最先由于基础之错误，正当婚姻应先有恋爱而后有夫妇。吾国之大多数婚姻固无所谓恋爱，即有恋爱亦往往在名分已定之后。其间出于不得已者居十之八九。此其遗憾，虽女娲再世，无力填补。夫人无愉快欣慰之怀，而希冀其常有和气迎人之笑容温语，固不可得。若虽有愉快欣慰之怀，乃非由衷心，出于勉强，则其表面即强作笑容，其实际盖吞声饮泣，有不足为外人道者。即有笑容温语亦暂而不久，伪多而真少也。明乎此，则吾国夫妇间何以冷淡如路人，其原因可不待辩而自明。盖本无所爱，不能强作爱之表现。犹之乎本无母子之情，而欲强一任何妇人视一任何儿童如己子，强一任何儿童视一任何妇人如己母，除于戏台上一时扮装之外，遍天地间不可得也。呜呼，彼本为路人又安怪其冷淡如路人哉。

其次由于腐儒之提倡陋俗。吾国腐儒所极力提倡之陋俗，足以摧残夫妇间之和气生气，使之灭息无复有余烬者，莫如“夫妇相敬如宾”及“举案齐眉”各谰言。吾人聚素心人促膝谈心于一室，无所拘束，无所顾忌，言笑自如，各畅所怀，行坐任意，举止自由，其快乐安慰较与新客同座，端坐拱手，唯诺随人，其相差岂可以道里计。然而吾人对于素心人之情谊，较与新客之情谊，又何若。今以夫妇之亲且爱，而劝其相敬如宾，已近囚狱，苟益以举案齐眉之行为，则径可以加以锣鼓与猴戏比其优劣矣。此虽为例不多，常人未必皆尝行此，然有腐儒举为鹄的以示模范，其流弊所及，足以丧尽能医众苦之真爱而有余。腐儒不足责，吾惟祷其速死。活泼有为之青年，安可不稍稍运其思想，一洗陋俗，而勿再为半死之人。当知"恭恭敬敬""客客气气"，皆为招待路人之良法。至于夫妇之间，则以融和怡悦为尊尚。

最后由于腐败之大家族环境，一人前半生所享受之母子之爱，无人间之，后半生所享受之夫妇之爱，则在吾国之陋俗，有多端之离间。其最甚者，莫如腐败之大家族环境。夫妇之爱，无论如何其受授及享用，皆绝对仅限于当局之二人，不容有第三人掺杂其间。吾信此实可为社会学中之一定律。欲保持此定律之价值及完备，其第一条件，在有小家庭制度。若在腐败之大家族环境内，则欲掺杂或破坏，最少亦有阻碍之力者大有人在。苛虐之翁姑固无论已。即叔伯妯娌亦居间阻碍。此数人而能与此小夫妇团结一气，则将二人之爱而推广扩充之，成为数人之爱。爱之本身，固尚自若，无如夫妇之爱无论如何绝对限于当局之二人。（谓此为我所发明之社会学中定律，亦无不可。）即当局愿让，旁人亦无福消受。旁人既无能消受，乃无时不肆其谗谤倾轧之伎俩。当局为避嫌计，不得不敛其爱之形迹。于是虽于彼此言笑之间，苟非在晏居之处，未有不存戒心者。而其尤当力戒以避人耳目者，莫甚于亲爱之态度。戒之既甚，易之者舍冷淡莫属。冷淡既久，爱之精神亦随之湮没。盖精神虽为表现之本，表现亦助精神之长存。久作愁眉苦脸之人，心境亦随之俱移。此则心理学家所证明，非区区一人之私言也。呜呼，腐败之大家族环境。庆父不去，鲁难未已。此恶不除，家庭永无改良之由。半死之人遍国中，永无超度之期矣。或曰，子喋喋言爱与人生，人生所贵亦在为人类"服务"service 耳。仅孜孜于爱之为言，何见之未广乎。

曰，基督教之精粹在为人类服务，而其精义则以爱置于希望之前，人生得全其爱则学识道德及事业皆得其滋养而日增光辉，服务之凭藉亦全在乎此。子乃不揣其本而齐其末，殆亦半死之流亚欤。吾复何言。

（原载 1922 年 3 月《约翰声》第 33 卷第 2 号）

感 情

我们待人，金钱的势力有限，威势的势力也有限，最能深入最能持久的是感情的势力，深切恳挚的感情，是使人心悦诚服的根源。

我们的亲属，或是我们的挚友，其中若有不幸而离开人世的，我们不自禁其鼻酸心痛，悲哀涕哭；听见有一个不相识的路人在门口被汽车轧死，我们至多悯惜而已，决不至流出眼泪来。亲属挚友是人，路人也是人，然而或悲或不悲，不过一则有感情，一则无感情而已。

友人某君在某机关居于领袖的地位，他对于其中的职员，除公事外，对于各人的私事，各人家庭状况之困难情形，个人疾病之苦痛情形等等，都很关切，时常查询慰问，有可以帮忙的地方无不热诚帮忙，所以许多同事视他不仅是公事上一个领袖，也是精神上得着安慰的一个良友。

又有一个机关的领袖，他的学识经验都很使人佩服，但是我问起他机关里职员对于他的感想怎样，所得的答语是：“我们对于他敬则有之，不过感情一点儿没有！”我追求其故，才知道这位领袖于公事之外，对于同事私人的事情，从来没有一个字问起。你就是告了几天病假，来的时候，他把公事交给你就是了，问都不问，慰问更不必说！依他那样的冷淡态度，你死了，他就移原来薪水另雇一人就是了，心里恐怕一点不觉得什么！所以替他做事的人，也不过想我每月拿你多少钱，全看钱的面上替你做多少事，如此而已，至于个人的感情方面，直等于零！

上面那两个机关，在平日太平的时候，也许看不出什么差异，一旦有了特别的事故来，如受外界的诱惑或内部的意见而闹风潮的时候，结果便大不同了。

我还有一位朋友在上海某机关服务，他是常州人，不幸生了病，回乡去卧了一个多月，他那个机关里的领袖三番五次地写信慰问他，叫他尽管静养，不要性急。他说当时捧读这种情意殷切的信，真觉得感慰交并，精神上大为舒服，简直可以说于医药之外，也是促他速愈的一个要素！

我们倘能平心静气从这类事实上体会，很可以看出待人的道理；我们平日待人的时候，很要在这种地方留神，也可以说是做人处世的一种道理。

（原载1928年8月12日《生活》周刊第3卷第39期）

悼戈公振先生

记者提笔含泪写着这篇《悼戈公振先生》的时候，正在十月二十四日下午从中国殡仪馆哀送戈先生大殓以后。为中华民族，为新闻事业，为个人友谊，想起他都不胜其凄怆悲痛。回忆戈先生于十月十五日下午由海参崴乘北方号到上海，我和胡仲持先生同到码头去迎接他，握手言欢，历历犹在目前，谁能想到七天后就在他的弥留榻前，和他惨然永诀！

我在码头上和他见面的时候，就感觉到他容颜苍白，和他往时的红润丰采迥异，精神也很萎顿，在当时以为只是旅途劳顿，而且在途中晕过船，所以这样疲乏，到后稍稍休养，便可无碍。他自己也对我这样说。我问他在船上夜里睡得怎样，他说夜里睡得不好，总要到东方既白，才在曚昽中睡着片刻。其实他此时已有了病，他自己不在意，我们也只想到他的长途辛苦，不曾知道他有了病。

他在海参崴将动身的时候，给我一个电报，说乘北方号回上海，可于十六日到。我在十五日打听该船于十六日何时可到，才知道在当日

（即十五日）下午四时半即到。仲持先生和他是《申报》旧同事，原和我约过一同去接他，我便临时匆匆通知了他，同向三马路外滩跑去。当时因戈先生的许多亲友都不知道轮船当天即到，所以到码头去接他的就只有仲持先生和我。轮船湾在浦东，我们雇了一只小汽油船把他接到海关码头后，因等候行李，三个人就在那里谈了两小时左右。他孜孜不倦地问着上海报界的最近情形，一点没有想到他自己的疲倦。我请他在那里的板凳上坐坐，他略坐了一会儿，又立起来，询问上海报界老友们这个怎样，那个怎样，又谈到中国的时局。直到六点多钟，行李手续弄清楚后，我们三个人才离开了海关码头。他决定暂住四川路的新亚旅馆，因相距不远，主张我们一同步行；仲持先生和我因想到他的长途劳顿，在途中轮流着替他提着一个装得满满的皮包。他说这个皮包里所装的是他在考察所得的尤其重要的材料，放在其他行李一处，有些不放心，所以随身带着；他哪里知道这样辛勤搜得的重要材料，如今竟没有机会被他用到，我现在回想到当时他的这几句话，更不禁有无限的伤感。我们于灯光隐约人影憧憧中沿着外滩，经过外白渡桥，一路谈到新亚旅馆。此时他很健步，并对我说，晕船这件事很奇怪，一上岸就和在船上时不同。他在谈话里提到史量才先生的死，提到黄任之先生的病，他很替黄先生的安然渡过危病难关庆幸，说要抽出时间去看看他。我本想在那天夜里约几位朋友来吃晚饭，和他谈谈，他说身体疲倦得很，只想吃些粥，睡个好好的觉，他日另约吧，我说好，便约在第二夜七点钟晚餐一叙。我们一同到新亚定了房间后，出去到附近的一个小广东菜馆里吃了极简单的晚饭。因他晚饭后还有事接洽，要到通信社和报馆里去访友，未多谈，晚饭后即匆匆握别，临行时劝他早些安寝，不可过劳。

第二天（十六日）晚上我和几位朋友和他一同晚餐，他刮了胡子，穿了一套整洁的灰色法兰绒的西装，神采较前一天好得多，我很替他安慰，很畅快地谈了一番。十七日上午和十八日上午，我还因事在电话里和他谈话。他本打算十九日往南京去几天，所以我末次在电话里和他分别后，一直以为他到南京去了。不料二十二日早晨，他的妹妹绍怡女士来找我，一见即泪如泉涌，我一时摸不着头脑，急问何事，才由她呜咽着说戈先生患盲肠炎，很危险，已于二十一日下午五点一刻在虹桥疗养院开刀，现热度很高，叫她来找我，说有话要对我说。我听了好像遇着晴天的霹雳，赶紧叫了一辆汽车往虹桥疗养院奔。

转瞬间到了疗养院，轻轻地踏进了他的病室，看见他身上罩着白被单笔直地卧着，那脸儿已瘦削得两颊向内凹，脸色比第一天遇见时更来得苍白，他闭着眼睛，呼吸已不如平时的自然。梁福莲女医师刚在房里，我很轻声地问她戈先生的病危险不危险，她很轻声地说很危险。戈先生偶然睁开眼睛瞥见了我，还能略点头微笑，我因医师说他疲极不宜谈话，所以只走近他的身旁，轻抚他的额部，说病不要紧，请他静养，医师嘱咐不宜多谈。他略点头，大概因过于疲乏，只说“死我不怕……”仍闭着眼睛。我略立一会儿，轻轻请梁医师到房外来问个详细，据说腹膜炎的毒已传播于血液里，非常危险；我急问究有多少活的希望，她说恐怕只有百分之二三的活的希望了。我回到病房里，戈先生忽睁开眼，叫我走近他，对我说他在海参崴时，小便现青莲色，双十节那天在海参崴领馆参加行礼，忽然晕倒，不久醒来，因海参崴没有好医生，船期又近，只得匆匆上船，在船上时小便仍有青莲色；那天早晨（即我到疗养院去看他的那一天早晨）并没有吃什么，吐出的水也有青莲色；叫我请医生注意这个青莲色，我便把他的意思告诉了梁医师。我此时虽知道他的病势已经十分危险，但仍想不到当天就要和他永诀，又因自己职务的忙碌，所以静默地陪伴他约一小时后，叮咛医师和女看护细心照料，并请绍怡女士随时将病状由电话报告外，便匆匆离院。出院后，替他打个电报通知他的令兄，并请托一位同事打电话通知他的几位朋友。

刚回到办公室不久（将近十二点钟），即得到绍怡女士告急的电话，申报馆经理马荫良先生适亦因听到戈先生病危的消息，来找我，我们随即一同到疗养院。一到病房外，绍怡女士即哭告戈先生有话急待告诉我，这时马先生正向她询问病情，我便三步作两步地赶到戈先生的榻旁，见他的神色较上午更差，呼吸也渐在短促起来。他很轻微地很吃力地说："韬奋兄……我的身体太弱……这次恐怕经不住……我有几句话……"他的声音非常地微弱，且因气喘渐甚，断断续续地说，我俯着头把耳朵就近他的嘴边才听得出。我想这是遗嘱的口气，便插着说，马荫良先生也来了，我去请他来一同听，他说好。于是我们两个人就同在榻旁忍泪静听他说。同时他的妹妹伏在他的枕旁泪如泉涌地哀痛着。

他接着说："我的著作……《报学史》原想用白话写过，现在要请你叫宝权（戈先生的侄子，现在莫斯科考察），替我用白话完全写过……关于苏联的视察记，大部分已做好……也叫宝权接下去……你知道他是……很好的……还有关于世界报业考察记，材料都已有，可惜还未写出来……现在只好随他去。……"

我呜咽着安慰他，对他说一切要照他的意思办，至于未了的著作，宝权一定可继他的志愿，请他放心。

他很吃力，简直接不下去，停一会儿，他才说："在俄国有许多朋友劝我不必就回来……国势垂危至此，我是中国人，当然要回来参加抵抗侵略者的工作。……"

他说这几句话的时候，虽在极端疲乏之中，眼睛突然睁得特别的大，语音也特别的激昂，但因为太疲乏了，终至力竭声嘶，沉沉地昏去。谁在此时看着这样的神情，都不免于万分沉痛中感觉到无限的悲壮，酸楚挥泪！

不久以后，戈先生又说："死我不怕，有件事要拜托你们……我看已不行，请问问医生，如认为已无救，请她替我打安眠针，让我即刻睡去。

把身体送给医院解剖，供医学研究……”我安慰他说：“你不要多想，今天早晨我很仔细地问过医生，她说你的病还是有希望的。”他说：“不，今天下午和早晨的情形已大两样。我看医生已没有办法：……血已经抽不出来……”这时替他开刀的董医师已来看过，他们——董、梁等医师——的神情语气，大概都被戈先生发觉，因为他的神志是始终异常清楚的。我见他再三要把身体供医学解剖，以供科学研究，便出了病房，对梁医师商量这件事。我问她戈先生是否已绝对无救，照她行医的经验，病状像那时的戈先生，是否还有人能有生的希望。她说一百人中偶然也有一二人能逃过难关，所以她认为病势虽极危，但非到最后的一刹那，谁也不应结束他的生命。她对于戈先生的意思表示非常敬佩，说倘有不幸，医院可以容纳；但在未到最后的一刹那，他们还是要尽力救他的生命。我和梁医师接洽之后，又跑进病房去安慰戈先生，说刚才问过医生，据说仍有希望，请他静养，不必多想，万一有不幸，当然照他的意思办，不过在仍有希望的时候，不必再想到这件事；而且照医生的意思，病人自己须有自信心，不要抛弃希望，然后医生的努力才有效验。他听了闭着眼微点着头，对我请他安心静养勿失希望的话，连说：“好，好。”

不久以后，他的朋友周剑云夫妇、蒋光堂、黄寄萍等诸位先生也先后赶到。戈先生睁开眼睛，还能微微点头作微笑，从被单里缓缓伸出抖颤着的左手和围在榻旁的好友们一一握手，最后并和服侍他的女看护握手；看他的神情，是和诸友告别的意思。他的视死如归，那样的镇定，那样的旷达，把人生看得那样的清楚，那样的置生死于度外的态度，实给我以非常深刻的印象。

到了这个时候，他气喘更厉害起来，我们可看见他的胸部很急促起伏地升降着。看护和梁医师摸摸他的脉息，都摇着头。各亲友都很沉痛的静默着。我随着几位朋友到房外去商量后事。忽然女看护奔出来说不好了，请大家快进去。我们都慌忙着向病房里跑，我最前踏进了房门，见他的眼睛已开始圆睁着向上呆直，我赶紧跑过去俯头把嘴接近他的耳朵，问他还有什么要紧的话要对我说。在他的知觉和感觉即将完全失去的最后一刹那，对于我的问句似乎还听得懂，因为经我一问，他动着嘴表示要说什么话的样子，但是只动了两动嘴唇，说不出什么，转瞬间连动也不能动了。亲友们都放声大哭，在旁的梁医师也不禁掉下了眼泪。我们所敬重的戈先生就此与世长辞了。

戈先生毕生尽瘁于新闻事业的已往历史，知道的人很多，所以我在这里不再赘述，我在这篇文里仅将戈先生最近回国后不幸因病逝世的情形，就我所知道的，略述一些，报告给痛念戈先生的朋友们。即就此简短的经过里，我们已不能不受戈先生的精神所感动：他对于环境奋斗的置生死于度外的无畏的精神，他虽在临危的时候，还不忘献身于科学的牺牲的精神。我以为比他后死的朋友们不但不应为他的死而发生消极的观念，而且要不忘却这位好友的不死的精神，共同向前努力奋斗。

我所最觉得悲痛的是以戈先生二三十年积累的学识经验，益以最近二三年来对世界大势的辛勤的观察研究，在正确认识上的迈进（我在莫斯科时和他作数次长谈，深感觉到他的猛烈进步），我们正希望着他能为已沦入奴隶地位的中华民族做一员英勇的斗士，不料他竟这样匆匆忙忙地撒手而去。我想到这里，回忆着他在弥留时睁大着眼睛，那样激昂地——我觉得他竟是很愤怒地——对于侵略者的斗争情绪，我不禁搁笔痛哭；但我转念，又深深地感觉到这是我们后死者同样要负起的责任，我们都当以同样的“置生死于度外”的态度，朝着民族解放的目标向前猛进。我认为这样才是不忘却我们的好友！这样才是能纪念着我们的好友！

（原载 1935 年 11 月 1 日《世界知识》第 3 卷第 4 号）

我的母亲

说起我的母亲，我只知道她是“浙江海宁查氏”，至今不知道她有什么名字！这件小事也可表示今昔时代的不同。现在的女子未出嫁的固然很“勇敢”地公开着她的名字，就是出了嫁的，也一样地公开着她的名字。不久以前，出嫁后的女子还大多数要在自己的姓上面加上丈夫的姓；通常人们的姓名只有三个字，嫁后女子的姓名往往有四个字。在我年幼的时候，知道担任商务印书馆出版的《妇女杂志》笔政的朱胡彬夏，在当时算是有革命性的“前进的”女子了，她反抗了家里替她订的旧式婚姻，以致她的顽固的叔父宣言要用手枪打死她，但是她却仍在“胡”字上面加着一个“朱”字！近来的女子就有很多在嫁后仍只用自己的姓名，不加不减。这意义表示女子渐渐地有着她们自己的独立的地位，不是属于任何人所有的了。但是在我的母亲的时代，不但不能学“朱胡彬夏”的用法，简直根本就好像没有名字！我说“好像”，因为那时的女子也未尝没有名字，但在实际上似乎就用不着。像我的母亲，我听见她的娘家的人们叫她做“十六小姐”，男家大家族里的人们叫她做“十四少奶”，后来我的父亲做了官，人们便叫她做“太太”，她始终没有用她自己名字的机会！我觉得这种情形也可以暗示妇女在封建社会里所处的地位。

我的母亲在我十三岁的时候就去世了。我生的那一年是在九月里生的，她死的那一年是在五月里死的，所以我们母子两人在实际上相聚的时候只有十一年零九个月。我在这篇文里对于母亲的零星追忆，只是这十一年里的前尘影事。

我现在所能记得的最初对于母亲的印象，大约在两三岁的时候。我记得有一天夜里，我独自一人睡在床上，由梦里醒来，朦胧中睁开眼睛，模糊中看见由垂着的帐门射进来的微微的灯光，在这微微的灯光里瞥见一个青年妇人拉开帐门，微笑着把我抱起来。她嘴里叫我什么，并对我说了什么，现在都记不清了，只记得她把我负在她的背上，跑到一个灯光灿烂人影憧憧往来的大客厅里，走来走去“巡阅”着。大概是元宵吧，这大客厅里除有不少成人谈笑着外，有二三十个孩童提着各色各样的纸灯，里面燃着蜡烛，三五成群地跑着玩。我此时伏在母亲的背上，半醒半睡似的微张着眼看这个，望那个。那时我的父亲还在和祖父同住，过着“少爷”的生活；父亲有十来个弟兄，有好几个都结了婚，所以这大家族里看着这么多的孩子。母亲也做了这大家族里的一分子。她十五岁就出嫁，十六岁那年养我，这个时候才十七八岁。我由现在追想当时伏在她的背上睡眼惺忪所见着她的容态，还感觉到她的活泼的、欢悦的、柔和的、青春的美。我生平所见过的女子中，我的母亲是最美的一个，就是当时伏在母亲背上的我，也能觉到在那个大客厅里许多妇女里面，没有一个及得到母亲的可爱。我现在想来，大概在我睡在房里的时候，母亲看见许多孩子玩灯热闹，便想起了我，也许蹑手蹑脚到我床前看了好几次，见我醒了，便负我出去一饱眼福。这是我对母亲最初的感觉，虽则在当时的幼稚脑袋里当然不知道什么叫做母爱。

后来祖父年老告退，父亲自己带着家眷在福州做候补官。我当时大概有了五六岁，比我小两岁的二弟已生了。家里除父亲、母亲和这个小弟弟外，只有母亲由娘家带来的一个青年女仆，名叫妹仔。“做官”似乎怪好听，但是当时父亲赤手空拳出来做官，家里一贫如洗。我还记得，父亲一天到晚不在家里，大概是到“官场”里“应酬”去了，家里没有米下锅；妹仔替我们到附近施米给穷人的一个大庙里去领“仓米”，要先在庙前人山人海里面拥挤着领到竹签，然后拿着竹签再从挤得水泄不通的人群中，带着粗布袋挤到里面去领米；母亲在家里横抱着哭啼着的二弟踱来踱去，我在旁坐在一只小椅上呆呆地望着母亲，当时不知道这就是穷的景象，只诧异着母亲的脸何以那样苍白，她那样静寂无语地好像有着满腔无处诉的心事。妹仔和母亲非常亲热，她们竟好像母女，共患难，直到母亲病得将死的时候，她还是不肯离开她，以孝女自居，寝食俱废地照顾着母亲。

母亲喜欢看小说，那些旧小说，她常常把所看的内容讲给妹仔听。她讲得娓娓动听，妹仔听着忽而笑容满面，忽而愁眉双锁。章回的长篇小说一下讲不完，妹仔就很不耐地等着母亲再看下去，看后再讲给她听。往往讲到孤女患难，或义妇含冤的凄惨的情形，她两人便都热泪盈眶，泪珠尽往颊上涌流着。那时的我立在旁边瞧着，莫名其妙，心里不明白她们为什么那样无缘无故地挥泪痛哭一顿，和在上面看到穷的景象一样地不明白其所以然。现在想来，才感觉到母亲的情感的丰富，并觉得她的讲故事能那样地感动着妹仔，如果母亲生在现在，有机会把自己造成一个教员，必可成为一个循循善诱的良师。

我六岁的时候，由父亲自己为我“发蒙”，讲的是《三字经》，第一天上的课是：“人之初，性本善；性相近，习相远。”一点儿莫名其妙！一个人坐在一个小客厅的坑床上“朗诵”了半天，苦不堪言！母亲觉得非请一位“西席”老夫子总教不好，所以家里虽一贫如洗，情愿节衣缩食，把省下的钱请一位老夫子。说来可笑,第一个请来的这位老夫子,每月束脩只须四块大洋(当然供膳宿),虽则这四块大洋,在母亲已是一件很费筹措的事情。我到十岁的时候,读的是《孟子见梁惠王》,教师的每月束脩已加到十二元,算增加了三倍。到年底的时候,父亲要"清算"我平日的功课,在夜里亲自听我背书,很严厉,桌上放着一根两指阔的竹板。我的背向着他立着背书,背不出的时候,他提一个字,就叫我回转身来把手掌展放在桌上,他拿起这根竹板很重地打下来。我吃了这一下苦头,痛是血肉的身体所无法避免的感觉,当然失声地哭了,但是还要忍住哭,回过身去再背。不幸又有一处中断,背不下去,经他再提一字,再打一下。呜呜咽咽地背着那位前世冤家的"见梁惠王"的"孟子"!我自己呜咽着背,同时听得见坐在旁边缝纫着的母亲也唏唏嘘嘘地泪如泉涌地哭着。我心里知道她见我被打,她也觉得好像刺心的痛苦,和我表着十二分的同情,但她却时时从呜咽着的、断断续续的声音里勉强说着"打得好"!她的饮泣吞声,为的是爱她的儿子;勉强硬着头皮说声"打得好",为的是希望她的儿子上进。由现在看来,这样的教育方法真是野蛮之至!但是我不敢怪我的母亲,因为那个时候就只有这样野蛮的教育法;如今想起母亲见我被打,陪着我一同哭,那样的母爱,仍然使我感念着我的慈爱的母亲。背完了半本"梁惠王",右手掌打得发肿有半寸高,偷向灯光中一照,通亮,好像满肚子装着已成熟的丝的蚕身一样。母亲含着泪抱我上床,轻轻把被窝盖上,向我额上吻了几吻。

当我八岁的时候,二弟六岁,还有一个妹妹三岁。三个人的衣服鞋袜,没有一件不是母亲自己做的。她还时常收到一些外面的女红来做,所以很忙。我在七八岁时,看见母亲那样辛苦,心里已知道感觉不安。记得有一个夏天的深夜,我忽然从睡梦中醒了起来,因为我的床背就紧接着母亲的床背,所以从帐里望得见母亲独自一人在灯下做鞋底,我心里又想起母亲的劳苦,辗转反侧睡不着,很想起来陪陪母亲。但是小孩子深夜不好好的睡，是要受到大人的责备的，就说是要起来陪陪母亲，一定也要被申斥几句，万不会被准许的（这至少是当时我的心理），于是想出一个借口来试试看，便叫声母亲，说太热睡不着，要起来坐一会儿。出乎我意料之外的，母亲居然许我起来坐在她的身边。我眼巴巴地望着她额上的汗珠往下流，手上一针不停地做着布鞋——做给我穿的。这时万籁俱寂，只听到滴答的钟声和可以微闻得到的母亲的呼吸。我心里暗自想念着，为着我要穿鞋，累母亲深夜工作不休，心上感到说不出的歉疚，又感到坐着陪陪母亲，似乎可以减轻些心里的不安成分。当时一肚子里充满着这些心事，却不敢对母亲说出一句。才坐了一会儿，又被母亲赶上床去睡觉，她说小孩子不好好的睡，起来干什么！现在我的母亲不在了，她始终不知道她这个小儿子心里有过这样的一段不敢说出的心理状态。

母亲死的时候才二十九岁，留下了三男三女。在临终的那一夜，她神志非常清楚，忍泪叫着一个一个子女嘱咐一番。她临去最舍不得的就是她这一群的子女。

我的母亲只是一个平凡的母亲，但是我觉得她的可爱的性格，她的努力的精神，她的能干的才具，都埋没在封建社会的一个家族里，都葬送在没有什么意义的事务上，否则她一定可以成为社会上一个更有贡献的分子。我也觉得，像我的母亲这样被埋没葬送掉的女子不知有多少！

1936年1月10日，深夜

深挚的友谊

跨进了约翰之后，课程上的烦闷消除了，而经济上的苦窘还是继续着。辛辛苦苦做了几个月的青年“老学究”所获得的经费，一个学期就用得精光了，虽则是栗栗危惧地使用着。约翰是贵族化的学校，富家子弟是很多的。到了星期六，一辆辆的汽车排在校前好像长蛇阵似地来迎接“少爷们”回府，我穿着那样寒酸气十足的衣服跑出门口，连黄包车都不敢坐的一个穷小子，望望这样景象，觉得自己在这个学校简直是个“化外”的人物！但是我并不自馁，因为我打定了“走曲线”的求学办法。

但是我却不得不承认，关于经济方面的应付，无论怎样极力“节流”，总不能一文不花；换句话说，总不能一点“开源”都没有。这却不是完全可由自己做主的了！在南洋附属小学就做同学的老友郁锡范先生，那时已入职业界做事；我实在没有办法的时候，往往到他那里去五块十块钱的借用一下，等想到法子的时候再还。他的经济力并不怎样充分，但是隔几时暂借五块十块钱还觉可能；尤其是他待我的好，信我的深，使我每次借款的时候并不感觉到有着丝毫的难堪或不痛快的情绪，否则我虽穷得没有办法，也是不肯随便向人开口的。在我苦学的时候，郁先生实在可算是我的“鲍叔”。最使我感动的是有一次我的学费不够，他手边也刚巧在周转不灵，竟由他商得他的夫人的同意，把她的首饰都典当了来助我。但是他对于我的信任心虽始终不变，我自己却也很小心，非至万不得已时也绝对不向他开口借钱；第一次的借款未还，绝对不随便向他商量第二次的借款。一则他固然也没有许多款可借；二则如果过于麻烦，任何热心的朋友也难免于要皱眉的。

我因为要极力“节流”，虽不致衣不蔽体，但是往往衣服破烂了，便无力置备新的；别人棉衣上身，我还穿着夹衣。蚊帐破得东一个洞，西一个洞，蚊虫乘机来袭，常在我的脸部留下不少的成绩。这时注意到我的情形的却另有一位好友刘威阁先生。他是在约翰和我同级的，我刚入约翰做新生的时候，第一次和他见面，我们便成了莫逆交。他有一天由家里回到学校，手里抱着一大包的衣物，一团高兴地跑进了我的卧室，打开来一看，原来是一件棉袍，一顶纱帐！我还婉谢着，但是他一定要我留下来用。他那种特别爱护我的深情厚谊，实在是使我一生不能忘的。那时他虽已结了婚，还是和大家族同居的，他的夫人每月向例可分到大家族津贴的零用费十块钱；有一次他的夫人回苏州娘家去了一个月，他就硬把那十块钱给我用。我觉得这十块钱所含蓄的情义，是几十万几百万的巨款所含蓄不了的。

我国有句俗话，叫做“救急不救穷”，就个人的能力说，确是经验之谈。因为救急是偶然的、临时的；救穷却是长时期的。我所得到的深挚的友谊和热诚的赞助，已是很难得的了，但是经常方面还需要有相当的办法。我于是开始翻译杜威所著的《民治与教育》。但是巨著的译述，有远水不救近火之苦，最后还是靠私家教课的职务。这职务的得到，并不是靠什么职业介绍所，或自己登报自荐，却是和我在南洋时一样，承蒙同学的信任，刚巧碰到他们正在替亲戚物色这样的教师。我每日下午下课后就要往外奔，教两小时后再奔回学校。这在经济上当然有着相当的救济，可是在时间上却弄得更忙。忙有什么办法？只有硬着头皮向前干去。白天的时间不够用，只有常在夜里“开夜车”。

后来我的三弟进南洋中学，我和我的二弟每月各人还要设法拿几块钱给他零用，我经济上又加上了一点负担。幸而约翰的图书馆要雇用一个夜里的助理员，每夜一小时，每月薪金七块钱。我作毛遂自荐，居然被校长核准了。这样才勉强捱过难关。

毕云程先生乘汽车赶来借给我一笔学费，也在这个时期里，这也是我所不能忘的一件事，曾经在《萍踪寄语》初集里面谈起过，在这里就不赘述了。

深挚的友情是最足感人的。就我们自己说，我们要能多得到深挚的友谊，也许还要多多注意自己怎样做人，不辜负好友们的知人之明。

（原载 1937 年 4 月上海生活书店《经历》）

苦学时代的教书生涯

我在做苦学生的时代，经济方面的最主要的来源，可以说是做家庭教师。除在宜兴蜀山镇几个月所教的几个小学生外，其余的补习的学生都是预备投考高级中学的。好些课程由一个人包办，内容却也颇为复杂。幸而我那时可算是一个“杂牌”学生：修改几句文言文的文章，靠着在南洋公学的时候研究过一些“古文”；教英文文学，靠着自己平日对这方面也颇注意，南洋和约翰对于英文都有着相当的注重，尤其是约翰；教算学，不外“几何”和“代数”，那也是在南洋时所熟练过的。诸君也许要感觉到，算学既是我的对头，怎好为人之师，未免误人子弟。其实还不至此，因为我在南洋附属中学时，对于算学的成绩还不坏，虽则我很不喜欢它。至少教“几何”和“代数”，我还能胜任愉快。现在想来，有许多事真是在矛盾中进展着。我在南洋公学求学的时候，虽自觉性情不近工科，但是一面仍尽我的心力干去，考试成绩仍然很好，仍有许多同学误把我看作“高材生”，由此才信任我可以胜任他们所物色的家庭教师。到约翰后，同学里面所以很热心拉我到他们亲戚家里去做家庭教师，也因为听说我在南洋是“高材生”；至少由他们看来，一般的约翰生教起国文和算学来总不及我这个由南洋来的“高材生”！我既然担任家庭教师的职务，为的是要救穷，但是替子弟延请教师的人家所要求的条件却不是“穷”，仅靠“穷”来寻觅职业是断然无望的。我自己由“工”而“文”，常悔恨时间的虚耗，但是在这一点上却无意中不免得到一些好处；还是靠我在读工科的时候仍要认真，不肯随随便便撒烂污。

在我自己方面，所以要担任家庭教师，实在是为着救穷，这是已坦白自招的了（这倒不是看不起家庭教师，却是因为我的功课已很忙，倘若不穷的话，很想多用些工夫在功课方面，不愿以家庭教师来分心）。可是在执行家庭教师职务的时候，一点不愿存着“患得患失”的念头，对于学生的功课异常严格，所毅然保持的态度是：“你要我教，我就是这样；你不愿我这样教，尽管另请高明。”记得有一次在一个人家担任家庭教师，那家有一位“四太爷”，掌握着全家的威权，全家上下对他都怕得好像遇着了老虎，任何人看他来了都起立致敬。他有一天走到我们的“书房”门口，我正在考问我所教的那个学生的功课，那个学生见“老虎”来了，急欲起来立正致敬，我不许他中断，说我教课的时候是不许任何人来阻挠的。事后那全家上下都以为“老虎”必将大发雷霆，开除这个大胆的先生。但是我不管，结果他也不敢动我分毫。我所以敢于强硬的，是因为自信我在功课上对得住这个学生的家长。同时我深信不严格就教不好书，教不好书我就不愿干，此时的心里已把“穷”字抛到九霄云外了！

这种心理当然是很矛盾的。自己的求学费用明明要靠担任家庭教师来做主要来源，而同时又要这样做硬汉！为什么要这样呢？我自己也并没有什么理论上的根据，只是好像生成了一副这样的性格，遇着当前的实际环境，觉得就应该这样做，否则便感觉得痛苦不堪忍受。

出乎我意料之外的是：我这样的一个“硬汉教师”，不但未曾有一次被东家驱逐出来，而且凡是东家的亲友偶然知道的，反而表示热烈的欢迎，一家结束，很容易地另有一家接下去。我仔细分析我的“硬”的性质，觉得我并不是瞎“硬”，不是要争什么意气，只是要争我在职务上本分所应有的“主权”。我因为要忠于我的职务，要尽我的心力使我的职务没有缺憾，便不得不坚决地保持我在职务上的“主权”，不能容许任何方面对于我的职务作无理的干涉或破坏（在职务上如有错误，当然也应该虚心领教）。我不但在做苦学生时代对于职务有着这样的性格，细想自从出了学校，正式加入职业界以来，也仍然处处保持着这样的性格。我自问在社会上服务了十几年，在经济上仅能这手拿来，那手用去，在英文俗语所谓“由手到嘴”的境况中过日子，失了业便没有后靠可言，也好像在苦学生时代要靠着工作来支持求学的费用，但是要使职务不亏，又往往不得不存着“合则留，不合则去”的态度。所以我在职业方面，也可说是一种矛盾的进展。

（原载 1937 年 4 月上海生活书店《经历》）

我们的“家长”

我现在要谈谈我们的“家长”。

稍稍留心中国救国运动的人，没有不知道有沈钧儒先生其人。我认识沈先生还在前年（一九三五）十二月底组织上海文化界救国会的时候。我记得那时是文化界救国会开着成立大会，沈先生做主席。我那时还不知道他的年龄，也不详细知道他的平常，只看见他虽有着长须，但是健康的体格，洪亮的声音，热烈的情绪，前进的意识，都和青年没有两样。后来我因为参加救国会，和沈先生来往比较多一些，我更深深地敬爱沈先生的为人。最近因共患难，更有机会和他接近，更加深了我对于他的敬爱。他不但是我所信任的好友，我简直爱他如慈父，敬他如严师。我生平的贤师良友不少，但是能这样感动我的却不多见。我现在要很简要地介绍这位赤诚爱国的“老将”的历史。

沈先生号衡山，浙江嘉兴人，生长在苏州。七八岁时入家塾，十六岁进秀才，三十岁中举人，三十一岁中进士。但是沈先生却忽然脱离了科举的束缚，就在这一年到日本去进法政大学求学。他三十四岁时回国，在北京办过短时期的日报，几个月后回到浙江。当时立宪运动正在发展，他便在浙江筹备地方自治，筹备咨议局，当选为副议长。同时兼任浙江的两级师范监督（即校长），鲁迅先生就在这个时候在该校教授理科。后来他加入孙中山先生所领导的同盟会，辛亥革命成功后，他担任浙江教育司司长，后来辞职应选国会议员（因官吏不得应选）。袁世凯称帝，沈先生奋起反对洪宪，几为所害，回到南方。广州的护法政府成立的时候，他到广州，任参议院议员，兼总检察厅检察长。后来护法政府取消，北京政府改组，他北上重任参议院议员，兼该院秘书厅的秘书长（时在民国十一年）。后来曹锟贿选，沈先生也是激烈反对的一人。民国十五年回到南方，参加国民革命，组织苏、浙、皖三省联合会，反对孙传芳。同时冬季受蒋介石氏（这时做总司令）委任组织浙江临时省政府，中经反动的军队反攻，处境非常危险。民国十六年浙江全在国民政府统辖之下，分政务和财务委员会，分科无厅，除主席一人和秘书长一人外，其余四科的科长也由省府委员分任。沈先生当时任政务委员兼秘书长。“清党”后因误会被拘七天，到南京后因谅解恢复自由。回到上海以后，法学院因副校长潘大道被刺，聘沈先生担任该校教务长，直到现在。民国十七年起并执行律师职务，被选任上海律师公会常务委员，已有五年多了。

我们看了这样的经过事实，虽尽管说得简单，但已可看出沈先生二三十年来总是立于国家和民众的立场，作继续不断的奋斗，一直到现在还是丝毫不懈地向前迈进。他参加过辛亥革命，参加过护法之役，又参加过国民革命。他曾有过三反：反对袁世凯称帝，反对曹锟贿选，反对孙传芳阻碍国民革命。他在行动上实行这“三反”的过程中，冒着出生入死的危险，都在所不顾。我们一方面感到沈先生政治经验——革命经验——的丰富，一方面感到沈先生百折不回的毅力。现在这位赤诚爱国的“老将”，又用着同样的精神，参加当前的最艰危阶段的救国运动了！我们为着民族解放的前途，要竭诚爱护我们的这位“老将”！

我觉得陶行知先生的《留别沈钧儒先生》一首诗，很能说出这个意思，我现在就把它写在这里：

一

老头，老头！
他是中国的大老；
他是同胞的领头。
他忘记了自己的头，
要爱护别人的头。
唯一念头，
大家出头。

二

老头，老头！
他是中国的大老；
他是战士的领头。
冒着敌人的炮火，
冲洗四十年的冤仇。
拼命争取，
民族自由。

三

老头，老头！
他是中国的大老；
他是大众的领头。
他为老百姓努力，
劳苦功高像老牛。

谁害老头？
大众报仇。

四

老头，老头！
他是少年的领头。
老年常与少年游，
老头没有少年愁。
虽是老头，
不像老头。

在这首诗的后面，陶先生还加有一段附注，也很值得介绍：

> “沈钧儒先生，六十三岁的老翁，上海领导救国运动，亲自参加游行示威，走四五十里路，不觉疲倦。今年‘一·二八’到庙行公祭沪战无名英雄，我曾追随先生参加游行。现读‘永生’，见一照片，知为公祭‘五卅’烈士之影，前排有个老少年，仔细看来，知道是先生，回寓即想写一首诗表示敬意。但行色匆匆，诗思不定，到新加坡前一日才写成。现飞寄先生请览，并致联合战线敬礼。”

这段附注里的“老少年”三字，我觉得是形容沈先生的最好的名词。沈先生这次在上海被捕之后，曾在捕房的看守所里冰冷的水门汀上静坐了一夜——在那样令人抖颤的一个寒夜里！但是这种苦楚在他是丝毫不在乎的。自从我和沈先生同被拘捕以来，每看到他那样的从容，那样的镇静，那样的只知有国不知有自己的精神，我不由得受到了很深的感动；反顾我自己这样年轻人，为着爱国受些小苦痛，真算是什么！这样一来，我的心也就安定了许多。

沈先生有四个儿子和一个女儿，都是很贤孝的，他们父子间的亲爱，也是令人歆羡不置的；沈先生伉俪情爱极笃，他的夫人去世以后，他于慈父之外，还兼有着慈母的职务。他的大儿子是留学德国的医生，二儿子是留学德国的土木工程师，他们两位都在国内为社会服务了；三儿子在日本学习商业管理，四儿子在德国学习电机，女儿在金陵女大理科。以沈先生的地位，尽可以做“老太爷”享福了，但是这位“老少年”为着救国运动，宁愿含辛茹苦，抛弃他个人的一切幸福。

我们不但要学沈先生的为国牺牲的精神，还要学他的至诚的爱；他以至诚的爱爱他的子女，以至诚的爱爱他的祖国，以至诚的爱爱他的朋友，以至诚的爱爱他的同志！我深深地感觉到沈先生的全部生命都是至诚的爱造成的！

我为着中华民族解放的前途，虔诚地为我们的“家长”祝福！

（原载 1937 年 4 月上海生活书店《经历》）

永不能忘的先生

曾经偶然在西报上的"补白"里看到这两句怪有趣的话：

A gossip is one who talks to you about others; a bore is one who talks to you about himself。

如把这两句话勉强译成中文，大意也许可以这样说："喜欢闲谈的人，就是对你瞎谈着别人的事情；令人讨厌的人，就是对你尽谈着关于他自己的事情。"我说"勉强译成"，因为一种文字的幽默意味，最难一点不走漏地译成别一种文字，但是无论如何，大意是可以明白的了。我尤其注意第二句，即"令人讨厌的人，就是对你尽谈着关于他自己的事情"。一个人谈到自己的事情，往往要啰啰唆唆地拖泥带水地说个不完，使人听了感觉到厌烦。诸君也许已经有过这样听得不耐烦的经验吧。我有鉴于此，所以向来对于"自述"一类的文字不愿写。

最近因为在香港办了几个月的报，回到上海以后，有不少朋友问起在香港的情形，我便写了好几篇"在香港的经历"（登在"生活星期刊"），原来不过随笔写来，拉杂谈谈而已，不料有好多读者写信来勉励我要多写一些，大概还不觉得怎样厌烦；但是在香港几个月的经历就不过那一些，所以登了九期就把它结束了。可是经读者的这样怂恿，我又转着念头，想要尝试写几篇“二十年来的经历”，不知道要不要引诸君的厌烦。倘若读者听得厌烦，我希望不客气地写信来警告一下，我便可提早结束，或不再写下去。

我这二十年来的经历，想从小学时代谈起。当时我所进的是南洋公学附属小学，校长是沈叔逵先生。他是一位很精明干练的教育家，全副精神都用在这个小学里面，所以把学校办得很好。我们那一级的主任教员是沈永癯先生，他教我们国文和历史——我最感兴趣的科目。他那样讲解得清晰有条理，课本以外所供给的参考材料的丰富，都格外增加了我的研究兴趣。我尤其受他的熏陶的是他的人格的可爱。我这里所谓人格，是包括他的性格的一切。他的服饰并不华丽，但是非常整洁，和我所不喜欢的蓬头垢面的自命名士派的恰恰相反。他对于所教授的科目有着充分的准备，我对于他所教的科目有任何疑难，他都能给我以满意的解释。他教得非常认真，常常好像生怕我们有一句一字不明了；他的认真和负责的态度，是我一生做事所最得力的模范。他并没有什么呆板的信条教给我，但是他在举止言行上给我的现成的榜样，是我终身所不能忘的。我自己做事，没有别的什么特长，凡是担任了一件事，我总是要认真，要负责，否则宁愿不干。这虽然是做事的人所应该有的起码的条件，但是我却永远不能忘却永癯先生给我的模范。此外令我倾倒的是他的和蔼可亲的音容。他对于学生总是和颜悦色的，我从来没有看见他动过气；我上他的课，比上任何人的课都来得愉快。但是他所以得到学生的敬爱，并不是由于姑息、随便、撒烂污，却是由于认真而又不致令人难堪。我当时敬爱这位先生的热度可以说是很高很高，但是并未曾对他表示过我的这样的心意。现在这位良师已去世多年了，可是我一生不能忘记他。

当时我们的一级里只有二十个同学，因为人数少，彼此的个性相知很深，现在有的做医生，有的做律师，有的做工程师，有的服务于邮政局。陆鼎揆律师也是当时同级里的同学之一。在国文一课，我们俩是劲敌。每星期有一次作文，永瀣先生批卷很严：最好的文章，他在题目上加三圈，其次的加两圈，再次的加一圈；此外仅于一篇之中比较有精彩的句子的点断处加双圈。每次文卷发下来的时候，大家都好像迫不及待地探听谁有着三圈，谁有着两圈，谁有着一圈，乃至于下课后争相比较句子点断处的双圈谁多。有的同学紧紧地把文卷藏在课桌的抽屉里，压在重重的课本下，生怕有人去偷看它，那很显然地是一个双圈都没有！当时我们那种竞赛得津津有味的神情，大家都感觉到很深切的兴趣。有了这样的竞赛，每星期都受着一次推动，大家都的确容易有进步。

（《二十年来的经历》之一，收入 1937 年 4 月生活书店版《经历》）

工程师的幻想

我的父亲所以把我送进南洋公学附属小学，因为他希望我将来能做一个工程师。当时的南洋公学是国内数一数二的工程学校，由附属小学毕业可直接升中院（即附属中学），中院毕业可直接升上院（即大学），所以一跨进了附属小学，就好像是在准备做工程师了。我在那个时候，不知道工程师究竟有多大贡献，模模糊糊的观念只是以为工程师能造铁路，在铁路上做了工程师，每月有着一千或八百元的丰富的薪俸，父亲既叫我准备做工程师，我也就冒冒失失地准备做工程师。其实讲到我的天性，实在不配做工程师。要做工程师，至少对于算学、物理一类的科目能感到浓厚的兴趣和特殊的机敏。我在这方面的缺憾，看到我的弟弟在这方面的特长，更为显著。我们年纪很小还在私塾的时候，所好便不同。当时我们请了一位老夫子在家里教着“诗云子曰”，并没有什么算学的功课，但是我的弟弟看见家里用的厨子记账的时候打着算盘，就感觉到深刻的兴趣，立刻去买了一本“珠算歌诀”，独自一人学起什么“九归”来了。我看了一点不感觉兴味，连袖手旁观都不干。

我只有趣味于看《纲鉴》，读史论。后来进了小学，最怕的科目便是算学。当时教算学的是吴叔厘先生。他的资格很老，做了十几年的算学教员，用的课本就是他自己编的。我看他真是熟透了，课本里的每题答数大概他都背得出来！他上课的时候，在黑板上写着一个题目，或在书上指定一个题目，大家就立刻在自己桌上所放着的那块小石板上，用石笔的的答答地算着。不一会儿，他老先生手上拿着一个记分数的小簿子，走过一个一个的桌旁，看见你的石板上的答数是对的，他在小簿上记一个记号；看见你的石板上的答数不对，他在小簿上另记一个记号。我愈是着急，他跑到我的桌旁似乎也愈快！我的答数对的少而错的多，那是不消说的。如我存心撒烂污，那也可以处之泰然，但是我却很认真，所以心里格外地难过，每遇着上算学课，简直是好像上断头台！当时如有什么职业指导的先生，我这样的情形一定可供给他一种研究的材料，至少可以劝我不必准备做什么工程师了。但是当时没有人顾问到这件事情，我自己也在糊里糊涂中过日子。小学毕业的时候，我的算学考得不好，但是总平均仍算是最多，在名次上仍占着便宜。刚升到中院后，师友们都把我当作成绩优异的学生，只有我自己知道在实际上是不行的。

但是大家既把我误看作成绩优异的学生，我为着虚荣心所推动，也就勉为其难，拼命用功，什么“代数”哪、“几何”哪，我都勉强地学习，考的成绩居然很好，大考的结果仍侥幸得到最前的名次；但是我心里对这些课目，实在感觉不到一点兴趣。这时候我的弟弟也在同一学校里求学，我们住在一个房间里。我看他做算学问题的时候，无论怎样难的题目，在几分钟内就很顺手地得到正确的答数；我总是想了好些时候才勉强得到，心里有着说不出的烦闷。我把这些题目勉强做好之后，便赶紧把课本搁在一边，希望和它永别，留出时间来看我自己所要看的书。这样看来，一个人在学校里表面上的成绩，以及较高的名次，都是靠不住的，唯一的要点是你对于你所学的是否心里真正觉得很喜欢，是否真有浓厚的兴趣和特殊的机敏；这只有你自己知道，旁人总是隔膜的。

我进了中院以后，仍常常在夜里跑到附属小学沈永癯先生那里去请教。他的书橱里有着全份的《新民丛报》，我几本几本的借出来看，简直看入了迷。我始终觉得梁任公先生一生最有吸引力的文章要算是这个时代的了。他的文章的激昂慷慨，淋漓痛快，对于当前政治的深刻的评判，对于当前实际问题的明锐的建议，在他的那枝带着情感的笔端奔腾澎湃着，往往令人非终篇不能释卷。我所苦的是在夜里不得不自修校课，尤其讨厌的是做算学题目；我一面埋头苦算，一面我的心却常常要转到新借来放在桌旁的那几本《新民丛报》！夜里十点钟照章要熄灯睡觉，我偷点着洋蜡烛躲在帐里偷看，往往看到两三点钟才勉强吹熄烛光睡去。睡后还做梦看见意大利三杰和罗兰夫人（这些都是梁任公在《新民丛报》里所发表的有声有色的传记）！这样准备做工程师，当然是很少希望的了！

（《二十年来的经历》之二，

原刊 1936 年 11 月 1 日上海《生活星期刊》第 1 卷第 22 号）

痛念亡友雨轩

吾国的模范新闻记者朱雨轩先生不幸于十月二十日夜里病没沪寓。以朱先生之勤恪忠款，谦敏笃实，为群服务，成绩斐然，不骛名，不自矜，实为社会上不可多得的一个优秀分子，英年不禄，殒此美才，我们深为社会惜此贤良，故记者于上期本刊为文以哭，不仅为私谊哀恸而已。

我于雨轩逝世后的这几天夜里，睡到半夜，梦寐中总见他在病榻上僵卧着的状态，相对惨然，醒知为梦，便感触猬集，辗转不能再睡。他临终时连说几声“我自己决想不到如此之快！”岂特他自己，我二十日下午六七时最后去看他的时候，也决想不到如此之快！

他在二十日下午最后服药的时候，神志尚清，不过就慨然说：“今天药吃下去很好，明天便什么东西都不能吃了！”又好像他自己已知道第二天必离人世。人之将死，往往有这种的自觉，颇为不可思议的事情，也许由于自己在此刹那间实在觉得精力殆已丧尽，不能再坚持了。

他病前的一两星期还到杭州去了一趟，回来的时候欣然问我喜喝茶么，我莫明其妙，只告诉他说我平日只喝白开水，有好茶时也偶尔揩油，他听了就往编辑部里去拿来两罐龙井好茶叶，说是由杭州带回来的，当时情景，犹历历在目。现在那两罐茶叶，我还不过用了一小部分。睹物思人，悲不自胜，音容宛在，呼唤无从！既而想人谁无死，有生必有死，诸位和我总有一天要“完结”，这是一定的未来的事实，将来科学能否补此缺憾不可知，在目前却是人人所不能避免的一件事。我向来主张绝对不能避免的事，便无须多愁多虑，只得听其自然。不过造物弄人，既使人有“死”，又使人有“情”，于是惨事当前，又使人不能自禁其悲哀伤恸，这真是无可如何的事情！

雨轩弃世后，他的许多好友无不挥泪悲悼，社会上知道他的人无不痛惜，这是他生前做人所留的自然结果，热心为社会上服务所留的自然结果，决不是幸致的。真要死，是我们无可如何的事情，不过在未死之前，做一个好人，尽自己力量多替社会做一些好事，这是我们后死者可以自主的事情。

现在所最难堪的，当然是朱夫人。所幸朱夫人受过高等教育，本在国立上海商科大学四年级肄业，明夏即可毕业。朱先生的好友很多，朱夫人既学有专攻，毕业后必不难在社会上获得相当的服务机会。惨遭不幸，哀痛悲伤，一时当然非所谓高等教育所能减损，惟为将来计，既有专门学识，获得相当职业，在研究学问中有安慰处，在社会活动中有安慰处，在自立精神中有安慰处。倘朱先生死后有知，我们愿以此告慰他在天之灵，同时并愿以此奉慰朱夫人。想到这种地方，我们深觉女子受有良好教育，具有专门技能，在家庭方面社会方面固然得益不浅，即万一有不幸的事情发生，也比较的有办法。因此我们尤深切地觉得普及并提高女子教育，实为妇女解放的根本方法。

（原刊 1928 年 11 月 4 日《生活》周刊第 3 卷第 51 期）

和男同事在一块儿

已经订了婚的女子不是不应该有异性的朋友，最重要的是要留意所交的异性朋友是否正派的人——是否品性端正的人，所以又梅女士所提出的，“怎好随随便便不加考虑的和异性做朋友?”实在是可以令人钦佩的卓见，实在是合理的卓见，并不是什么“思想顽固”。

依女士告诉我们的话，男同事之“总是踊跃地来指导”当然不是坏事，就是慢慢的和女士“接近”，如果不过是因为同事相处的时间略久而熟悉了，彼此随意谈话，没有拘束，那也没有什么不好，不过异性同事或朋友的“接近”当然也有相当的分际，彼此能互相敬重，互有礼貌，谈话勿涉淫邪，举动勿涉轻薄，便是异性同事或朋友所应互守的“接近”的分际，在不逾越这种分际的范围内，“接近”并无流弊，否则以玩物视女子，做女子的便须慎防上当，要自己拿定主意，除公事外，不参加他们的谈话举动。倘若他们并不知自重，这便是一个很危险的地方，为自己终身的幸福计，最好力谋脱离。

其次请研究女士所提出的“内中的一个”。他对女士殷勤，如帮忙困难的事情，换去不愿做的工作，那都可算是友谊范围内可有的事情，就是分配工作时和女士一起合作，也不能一定说他有何恶意，也许他因女士聪明，俾资臂助。不过工作毕后时常不离左右，甚至时常单独的邀女士出去游玩，那于同事的范围外似乎不免另有用意。这种用意也有好坏二种的可能：(一) 也许他是未娶而正在物色终身伴侣的人，并不知道女士已订婚，所以特别这样殷勤。希望得到女士做他的终身伴侣——即未来的夫人；(二) 也许他是已有妻子的人，不过把女士视为一种玩物，存心诱惑，只想填他自己的欲壑，不顾到女士终身的幸福。前一种动机是好意的，后一种动机是恶意的，究竟属于何种，须视他的实际情形及平日品性为断，我们未敢妄断。无论如何，我以为女士如认自己已定的婚约是出于自愿的，应该老实使他知道，说明做一个朋友未尝不可，惟不愿逾越朋友的范围，倘他果是一个品性端正的人，便应该不再噜苏，倘再施种种诱惑恐吓的手段，那末他是一个歹人，可以无疑，在女士一时的生计固须顾到，而一生的幸福前途更须顾到，我以为有力谋脱离的必要。力谋脱离的方法，既有经济关系，只得寻觅其他职业机会。女士虑其他地方也难免有这种问题，其实不尽然，只须选择得当，未尝不可得到正当的服务机关，未尝不可避免这种烦扰。

至于他时常单独的邀女士出外游玩，这种行为如在已达到爱人程度的朋友，或已达到“甜心”时代，固属平常，否则多少未免伏有危机，尤其是女士已订了婚，倘给未婚夫听见，也许要另生枝节，给女士以许多烦恼，我以为女士宜拿定主意，始终要极坚决的“婉言推辞”——这种坚决的“婉言推辞”并不必“和他反脸”。

我答复又梅女士的话已略尽于此。我这样的态度，在一班利用男女社交公开为假面具而实行其陷害压迫女性，不恤牺牲他人一生而取快自己一时的淫欲者，也许要大骂我思想落伍。但是我只能本着我的良心根据理性说话，我非但不反对男女社交公开，而且积极提倡男女社交公开。但是我却坚决反对藉男女社交公开为幌子而实行其自私害人的伤心害理的暴行。我以为要男女社交公开，男性对女性至少要严格遵守两个基本条件：(一) 须顾到对方的一生幸福；(二) 须尊重对方的意志自由。现在我们常听见已有妻子的教师引诱年少无知的女学生，已结婚或无意结婚的男子随意引诱女子而屡演始乱终弃的惨剧，这在男子方面固然可藉男女社交公开的机会以自达私欲，而被牺牲的女子一生幸福并不在这种自私自利的男子怀念之中。我们试想假使这个女子是我们自己的姊妹或女儿，我们赞成不赞成她被这种狼心狗肺的男子供一时的牺牲而送掉她一生的幸福？

讲到第二点，做朋友要绝对出于双方的自愿，绝对不应有所压迫。就是你有诚意为自己求终身伴侣，也须尊重对方的意志自由，倘若她不愿意，你便不应加以压迫。即降而说到寻常人所谓轧姘头，由于一方压迫的轧姘头，其罪实远过于双方同意的轧姘头。现在有一班自私自利鄙夫暴徒，一若女性不肯任人随意轧姘头，便是不明白男女社交公开的新潮流，便是顽固，便是思想落伍，他们为了达到新潮流计，便有强迫执行的权利！我不知道这种无耻的压迫女性的行为，和“野蛮”二字相去几何，而在今日则得冠以男女社交公开的美名，这种无耻之徒实在是男女社交公开的大敌，我们非大声疾呼的痛击不可。

像又梅女士孤苦零丁，自食其力而又须孝养老母，实在是一位极可敬佩的贤孝女子，我们应如何的爱怜她，维护她，倘有男同事不顾到她的一生幸福，不尊重她的意志自由，施以种种压迫，使他如处“火坑”，是否罪大恶极的卑鄙残忍行为？我们是否许他藉男女社交公开为幌子而自文其罪大恶极的卑鄙残忍行为？

最后我要郑重重提上面说过的那两个基本条件：(一) 须顾到对方的一生幸福；(二) 须尊重对方的意志自由。不能严格遵守这两个基本条件者，不配谈什么男女社交公开。以后女子教育愈发达，女子在社会服务的机会也愈多，男女社交公开的机会也愈多，这是一定的当然的趋势——可以说是一种值得欢迎的良好趋势。不过在此新旧过程中，旧观念既败溃不足以范围人心，新道德又未养成，乃不免有多少牺牲，我们所要注意的是要极力减少这种牺牲到最小限度。我深信在男女社交公开方面，我们能养成“顾到对方一生幸福”与“尊重对方意志自由”的风气与习惯，必能减少许多不必要而可免的牺牲。

韬奋

从心坎里

鲁迅先生逝世和殡葬的情形，还历历如在眼前。我们回想到整千整万的群众瞻仰遗容时候的静默沉痛，回想到整千整万的群众伴送安葬时候的激昂悲怆，再看到全国各报和刊物上对于他的逝世的哀悼，无疑地可以看出鲁迅先生是民众从心坎里所公认的一个伟大的领袖。我要特别指出："从心坎里的"公认的领袖不是借权势威胁可以得到的，不是借强制造作可以得到的，是由于永远刚毅，不屈不挠地为大众斗争的事实所感应的。

这种永远刚毅、不屈不挠的斗争精神，是民族解放斗士的最最重要的一个特性，在今日国难严重时期尤其可以宝贵的特性。这种精神和"亡国大夫"的奴性正是立于相反的两极端。在鲁迅先生下土的时候，群众代表盖在他的棺材上的那面"民族魂"的大旗实含有很深的意义。中国的不亡，就是要靠我们积极提倡扩大这"民族魂"，严厉制裁那些不知人世间有羞耻事的"亡国大夫"型的国贼和准国贼！

鲁迅先生将死前的最后未发表的遗作是关于章太炎的，听说他认为章太炎努力民族革命，曾经入狱七次，还是不屈不挠，这种精神实在是值得我们纪念和崇敬的，虽则章太炎的晚年思想已落在时代的后面。我们觉得鲁迅先生的这种见解是完全正确的。

我们永远不能忘记鲁迅先生，因为他是民族解放的伟大斗士；我们永远不能忘记这位民族解放的伟大斗士，更须永远不忘记他的刚毅不屈的伟大人格。

廿五，十一，一。

鲁迅先生逝世周年纪念

十月十九日的今天，正逢着鲁迅先生逝世周年纪念，回忆去年的今日①，整千整万的民众在静肃悲痛的气氛中瞻仰先生的遗容，恭送先生的灵柩，民众异口同声很沉痛而悲壮地唱着挽歌，那个时候，中国还在含垢忍辱过着无耻的生活。安葬的时候，沈钧儒先生等在先生的灵柩上很严肃地覆上一面白色大旗，上面写着三个大字："民族魂"。把"民族魂"和这位伟大的民族斗士联系起来，是很正确的，因为鲁迅先生的战斗精神已注入了千千万万的广大的中国人的血液里，使失却灵魂的民族恢复了它的灵魂。在今年的今日，全民族的抗战已在展开了，我们已秉着先生的遗教，承受着先生的英勇坚决的战斗精神，向着日本帝国主义猛攻了。"中国的最大的问题，人人所共的问题，是民族生存的问题"！"中国的唯一的出路，是全国一致抗日的民族革命战争"！先生的遗言，我们是永远不会忘记的。先生的躯壳虽离开我们一年了，先生的

---

① 鲁迅先生于1936年10月19日去世。

精神是永远不会离开我们的。

鲁迅先生对于民族革命战争，曾经说过“战线应该扩大”；又说“应当造成大群的新的战士”；我们觉得在今日抗战已发动之后，这种工作尤其是需要我们努力去做的。这伟大的民族革命战争，必须使全国人民都集中他们的力量来参加，必须在战斗中锻炼广大群众的战斗能力，如鲁迅先生所谓“造成大群的新的战士”，作坚决的持久战，然后才能保障最后的胜利。

“什么是路？就是从没有路的地方踐践出来的，从只有荆棘的地方开辟出来的。”鲁迅先生所策励我们的是要从没有路中踏践出路来，要从荆棘中开辟出路来。我们今天纪念先生，不要忘却先生始终英勇战斗的精神，奋发努力于民族解放的工作，不怕艰苦，不许妥协。

辑四　文艺生活

萧伯纳的幽默

英国文豪萧伯纳氏到上海到北平，使许多欢迎他的人碰着一鼻子的灰，使他们感到很不舒服，有的人便骂他傲慢。他在上海笔会席上所作的幽默演说，就有这几句话："此刻演说不必要，因在座诸君均为著作家，我诚为班门弄斧。普通人均视作家为神秘伟大之人物，今诸君皆尽知内容，多言何益?"可见他未尝自以为"伟大"。他又说："我在此正如一动物院中之陈列品，诸君已看过，我亦不必多言矣。"可见他的力避烦嚣，是怕多做"动物院中之陈列品"。

后来他在秦皇岛离了轮船，改乘北宁路所备专车赴平，路过天津，"萧伯纳坐在第四节车中第三号包房，天津北洋工学院、南开大学、中西女学教职员学生及新闻记者登车，蜂拥车内，表示欢迎萧氏之意，不料萧命茶房将包房上锁，欢迎人员均乘兴而来，败兴而归。"他到北平后，路透社的专电有这几句："政府机关报今晨虽载有大规模之战事正在发展中之消息，而仍以广大之篇幅，登载萧伯纳抵北平事，闻此足证华人传统的不感觉痛苦性。"热烈欢迎似乎是出于一番好意，但不但享以闭门羹，外国记者甚至借此测验“华人传统的不感觉痛苦性”！霉头可谓触到道地十足了！老萧到北平后对中外记者谈话，说：“中国人对外国人最客气，对自己反不好，且相打！自己能团结，方有希望。”这也是可供我们自省的话。

我国对于外国的名人，向来有视为万能的观念，喜欢对他们做出过分的欢迎，无所不问地请教，从前杜威、罗素、克伯屈[1]到中国来的时候，都忙得不少人屁滚尿流！相当的招待，原无不可，但必欲奉为天皇地皇，好像就要下跪叩头的神气，不但无补于敬意，反而徒滋窃笑。就他们各人所研究的专门范围，提出问题向他们讨论，固无不可，但必把他们看作无所不知似的，好像一切问题都可请他们代为解决，不但是无可满足的希望，反而使人头痛。当克伯屈到中国时，我看见报上登着请他演讲和讨论的程序，今天大学教育，明天师范教育，后天中学教育……无所不包地请他指教，未尝不失笑，杜威、罗素、克伯屈等比较的滑头些，也许心里觉得好笑，而嘴里却不愿流露出来，但关于这一点所带去的印象恐怕已经不会怎样好，此次碰着一位心爽口直的萧老头儿，便不客气地发出不少“妙论”，甚至将“包房上锁”，这在老萧固未免太恶作剧，但我们中国人也许可以得到一个小小的教训吧！

二十二，三，十一。

---

① 克伯屈：今通译基尔帕特里克（1871—1965），美国教育家、哲学家。著有《设计教学法》、《教育哲学纲要》。

尽我所有

我们常看见有许多学英文的人，遇了用得着的时候，总怕开口，所以学校里有的请了外国人教英文，遇着师生聚会或宴会的时候，常有一堆学生躲来躲去，很不愿意和他同席，更不愿意和他多谈。这是什么缘故？也许是因为他觉得自己说得不好，怕出丑。其实你是外国人，西文是你的母语，我是中国人，本来不是说英语的，我懂得多少就说多少，能说得多好就说多好，如果说得差些，我总算“尽我所有”说了出来，有的不行的地方，有机会再学就是了，一些没有什么难为情！若本来自己不行，却扭扭捏捏、遮遮掩掩，试分析自己此时的心理，岂不是要表示我原是不错，不过不高兴说就是了！自己没有而要装作有，这便是不知不觉中趋于“伪”的一条路上去！天下作伪是最苦恼的事情，老老实实是最愉快的事情，“尽我所有”便是老老实实的态度，有了这种态度，岂但说什么英语心里无所畏，做什么都有无畏的精神，说英语不过是一种较为浅显的例子罢了。

在校里做学生的时候，在课室里倒了霉被教师喊着名字，叫起来考问几句，胆小一些的仁兄，往往也吓得声音发抖，懂得两句的，只吞吞吐吐地答出了一句！这里面当然也有“撒烂污”的朋友，但是也有很冤枉的。既经懂了何以还有这样的冤枉？也是缺乏“尽我所有”的态度。有了这种态度，只要在自修的时候，“尽我所有”的能力用功，答的时候“尽我所有”的智识回答，既经“尽我所有”，于心无愧，如再不免“吃汤团”，所谓“呒啥话头”，用文绉绉的话便是所谓“夫复何言”，我害怕要吃，不害怕也要吃，怕他作甚！这样一来，心境上成了所谓“君子坦荡荡”，不至于做“小人常戚戚”了。

做学生对付功课需要这种“尽我所有”的态度，就是我们要求自身的发展，也何尝不需要这种态度。有人告诉我们说，我要升学没有钱，做不到，学生意心里又不愿，怎样好？他不知道我们要求发展，只有以目前“所有”的境地做出发点，不能一步升天的！没有钱升学诚然是不幸，但是天上既不能立刻掉下钱来，学生意的人也不见得个个都无出息，也是事在人为，我们便须利用“尽我所有”的凭借而往前做去，否则就是立刻急死也是无用的！而且我们深信果能抱着“尽我所有”的坚毅奋发的态度往前干，不怕困难拼命地干，总有达到目的的日子！只怕我们不干！只怕我们不能“尽我所有”！

岂但无力升学的苦青年，社会无论什么人都有他们说不出的痛苦，说不出的不满意，最需要的也是这种“尽我所有”的态度，尽量利用我们所有的能力，所有的凭借，无论或大或小，总是“尽我所有”地往前干，干到不能干无可干时再说！有了这种态度，只望着前途，只望着未来，不知道什么是困难，不知道什么是危险，不知道什么是烦闷，不知道什么是失望，但知道“尽我所有”地往前干，干到不能干无可干再说！俗语所谓“做到哪里算哪里”，一个人本来不能包办一切，本来只能“尽我所有”，此外多愁多虑多烦多恼，都是庸人自扰的事情！

这种“尽我所有”的态度，岂但从个人事业的立场言是非常需要的，就是我们想到社会的改进方面,也要有这种态度。即就全国不识字的人民一端而言,约占全数百分之八十,而现在的德国和日本,全国不识字的人仅达百分之十,国民的智识程度相差如此之远,想到以全民为基础的民国前途,很容易使人气馁。但是我们决不能因"气馁"而能为国家增加丝毫的进步,也只有抱定"尽我所有"的态度,一人的力量能做多少即做多少,一团体的力量能做多少即做多少,一种刊物的力量能做多少即做多少,"尽我所有"地往前干!干一分是一分!干两分是两分!前途怎样辽远,我们不管!要"尽我所有"地向前猛进!

十八,一,二十。

《读书偶译》开头的话

小小缘起

这本《读书偶译》是撮译我在伦敦博物院图书馆里所写下的英文笔记的一部分。在看书的时候，遇着自己认为可供参考的地方，几句或几段，随手把它写下来，渐渐地不自觉地积下了不少。近来略加翻阅，撮出其中的一部分，随手把它译出来，在一些基本的观点方面，也许可供有意研究社会科学者的参考。

这只是一本漫笔式的译述，不是有系统的社会科学的书，但是也略为有一点贯串的线索。第一节可以算为简单的《导言》或《绪论》（其中偶有补充或纠正的地方，可参看译者的附注）；后面接着的是卡尔（马克思）的生平和理论，附带谈到他的思想所由来的黑格尔；再后的是恩格斯的生平和工作；再后的是伊里奇（列宁）的生平和思想。当然，这本书对于这些思想家的任何一个，都不能完全包括他们的一切，乃至某一部分的一切，只是撮述尤其值得我们注意的几个要点而已。

此外还有一点，这本书所撮译的，多为其他作家对于这几个思想家的解释；要作进一步的研究，还要细读他们自己的著作，本书不过是扼要的“发凡”罢了。先看了“发凡”的解释，对于进一步的研究也许不无小补。这是译者所希望能够贡献的一点微意。

每篇来源的原著书名，都附记在每篇的末了，以供参考。

理论和实践的统一

理论和实践是应该统一的，所以我们研究一个思想家，不能不顾到他的时代和生平。尤其是像卡尔和伊里奇一流的思想家。我们要了解卡尔怎样运用他的辩证法，必须在他对于革命运动的参加中，在他对实际问题的应付中，在他的经济理论唯物史观，以及关于国家和社会的哲学里面，才找得到；关于伊里奇也一样，他的一生奋斗的生活，便是唯物辩证法的“化身”。我们也必须在他的实践中去了解他的思想。

读书尚友

孟子说“读其书尚友其人”，这句话很有意思。革命的思想家的奋斗生活，常常能给我们以很深刻的“灵感”。我每想到卡尔和伊里奇的艰苦卓绝的精神，无时不“心向往之”。

卡尔于 1836 年在柏林大学时，努力研究哲学、法律、历史、文学等，在他所做的诗里面，为我所最喜诵读的有这样的一段：

> “Never can I perform in calmness
> What has seized my soul with might.
> But must strive and struggle onward
> In a ceaseless，restless fight.”

诗是最不容易译的，我现在姑且勉强译出它的大意如下：

我永远不能冷静地做
那些以伟大力量抓住我心灵的事情；
在不断的不歇的奋斗里，
我必须向前努力和斗争。

这段诗的大意是勉强译出来了，但是原诗的精神——充满着迈进奋斗的英勇精神——是很难传达出来的。这不只是一段诗，这实在是卡尔一生的实践生活的象征。

卡尔在伦敦努力著述时的穷苦，只需举一件事，可以概见。他有一次为着要买纸来写关于康敏（Communist 音译，即“共产主义的”）信徒在科伦（Cologne）被审判的文章，竟不得不把最后的一件外衣送到当铺里面去！

卡尔的母亲说过几句有趣的话，她说：“假使卡尔能得着很多的资本（按指金钱），不是写着很多的资本（按指《资本论》），那就好得多了。”

关于伊里奇，我最感到奇异的，是以他那样的奔走革命的忙碌，还有工夫写了许多精明锐利正确的著作，后来仔细研究他的生活，才知道他有许多著作是在流离颠沛惊涛骇浪中写的。是在牢狱里，是在充军中，是在东躲西匿干着秘密工作中写的！

伊里奇的政敌，看见他的一点不肯退却的奋斗，对他简直无可如何！孟什维克派的丹恩（在本书里曾提过他的名字）甚至希望他早死！不但存之于心，而且出之于口，被伊里奇的老友克兰诺夫斯基（Kerzhanovsky）听到了，大为不平，质问丹恩说：“怎么一个人就能破坏全党？难道他们许多人都没有能力来对付这一个人，以致要叫‘死神’来做从犯？”丹恩回答得怪有趣，他说：“因为没有一个人能像他那样：每日的全部二十四小时都忙于革命，除了革命的思想以外，没有别的思想，甚至在睡梦中所看见的也只有革命！看你对于这样的一个人有什么办法！”（见 Lenin：A Biography，by Ralph Fox，p.148—149）

这在伊里奇的政敌，算是恨他骂他的话，由我们读起来，反而觉得是敬他赞他的话！

伊里奇在将被暗刺以前，最后说了一句话值得我们永远的纪念。在 1918 年，当时伊里奇是革命政府的最高领导者，但他在忙于无数的会议，忙于立法、外交以及军事的种种工作之外，还要常常勉强抽出时间到各工厂去，参加各厂工人的会议，藉此接近大众。他在被刺的那一天下午（1918 年 8 月 30 日），还到莫斯科的米克尔逊工厂（Michelson factory）去参加会议，他在这会议里演说词的最后一语是：“胜利或死亡！”（Victory or death）即不向前努力求胜利，就只有死路一条。这是伊里奇当时为革命而奋斗的精神，也是我们今日为民族解放和人群福利而应有的奋斗精神！（这段事实见 Lenin：A Biography，p.279—280）

他当时说完这句话，刚跑出厂门，将上车时，就被刺客枪击。这事在本书里也提到，这里不多说了。

威尔斯的几句话

最后关于这本书，我记起英国作家威尔斯（H.G.Wells）在他的名著《世界史纲》（The Outline of History，1932 年修正本）的《导言》里，这样提到他自己：“这本书的作者（指威尔斯自己）由于他的天性和选择，都还够不上学问家所得的敬意，如同他远够不上得公爵的头衔一样。正因为他有这样的情形，使他能够使大众对历史感觉兴趣，而不致牺牲他的尊严和高贵，不致引起那些被公认的权威所易惹起的敌视的批评。——他能够不怕难为情地参考标准的著作和寻常可得的材料。”威尔斯的意思是说他是个小说家，原来不是历史家，不必顾到历史专家的架子，所以他不妨写这通俗的历史。威尔斯是世界著名的作家（虽则他的关于政治的意见，我却未敢恭维），他的这本书是世界的名著。我无意把他来自比。我所以引这几句话，是在表明我更够不上什么学问家，我只是一个平凡的新闻记者，我所以要研究一些思想，是为着做新闻记者用的，更不怕“牺牲”什么“尊严和高贵”。或许有些朋友也和我一样地忙于自己的职业，要在百忙中浏览一些关于思想问题的材料，那末这本书也许还可以看看，此外倘若抱着什么奢望，那是要不免失望的。

韬奋记于江苏高院看守分所

被羁押六个月后的 1937 年 6 月 2 日下午

（原载 1937 年 10 月生活书店上海版《读书偶译》）

大声疾呼的国文课

当时我进的中学还是四年制。这中学是附属于南洋公学的(当时南洋公学虽已改称为交通部工业专门学校,但大家在口头上还是叫南洋公学),叫做“中院”。大学部叫做“上院”,分土木和电机两科。中院毕业的可免考直接升入上院。南洋公学既注重工科,所以它的附属中学对于理化、算学等科目特别注重。算学是我的老对头,在小学时代就已经和它短兵相接过,但是在中学里对于什么“代数”、“几何”、“解析几何”、“高等代数”等等,都还可以对付得来,因为被“向上爬”的心理推动着,硬着头皮干。在表面上看来,师友们还以为我的成绩很好,实际上我自己已深知道是“外强中干”了。

但是南洋公学有个特点,却于我很有利。这个学校虽注重工科,但因为校长是唐蔚芝先生(中院仅有主任,校长也由他兼任),积极提倡研究国文,造成风气,大家对于这个科目也很重视;同时关于英文方面,当时除圣约翰大学外,南洋公学的资格算是最老,对于英文这个科目也是很重视的。前者替我的国文写作的能力打了一点基础;后者替我的外国文的工具打了一点基础。倘若不是这样，只许我一天到晚在XYZ里面翻筋斗，后来要出行便很困难的了。但是这却不是由于我的自觉的选择，只是偶然的凑合。在这种地方，我们便感觉到职业指导对于青年是有着怎样重要的意义。

自然，自己对于所喜欢的知识加以努力的研究，多少都是有进步的，但是环境的影响也很大。因为唐先生既注意学生的国文程度和学习，蹩脚的国文教员便不敢滥竽其间，对于教材和教法方面都不能不加以相当的注意。同时国文较好的学生，由比较而得到师友的重视和直接的鼓励，这种种对于研究的兴趣都是有着相当的关系的。

我们最感觉有趣味和敬重的是中学初年级的国文教师朱叔子先生。他一口的太仓土音，上海人听来已怪有趣，而他上国文课时的起劲，更非笔墨所能形容。他对学生讲解古文的时候，读一段，讲一段，读时是用着全副气力，提高嗓子，埋头苦喊，读到有精彩处，更是弄得头上的筋一条条的现露出来，面色涨红得像关老爷，全身都震动起来（他总是立着读），无论哪一个善打瞌睡的同学，也不得不肃然悚然！他那样用尽气力的办法，我虽自问做不到，但是他那样聚精会神，一点不肯撒烂污的认真态度，我到现在还是很佩服他。

我们每两星期有一次作文课。朱先生每次把所批改的文卷订成一厚本，带到课堂里来，从第一名批评起，一篇一篇的批评到最后，遇着同学的文卷里有精彩处，他也用读古文诗的同样的拼命态度，大声疾呼地朗诵起来，往往要弄得哄堂大笑。但是每次经他这一番的批评和大声疾呼，大家确受着很大的推动；有的人也在寄宿舍里效法，那时你如有机会走过我们寄宿舍的门口，一定要震得你耳聋的。朱先生改文章很有本领，他改你一个字，都有道理；你的文章里只要有一句有精彩的话，他都不会抹煞掉。他实在是一个极好的国文教师。

我觉得要像他那样改国文，学的人才易有进步。有些教师尽转着他自己的念头，不顾你的思想；为着他自己的便利计，一来就是几行一删，在你的文卷上大发挥他自己的高见。朱先生的长处就在他能设身处地替学生的立场和思想加以考虑，不是拿起笔来，随着自己的意思乱改一阵。

我那时从沈永癯先生和朱叔子先生所得到的写作的要诀，是写作的内容必须有个主张，有个见解，也许可以说是中心的思想，否则你尽管堆着许多优美的句子，都是徒然的。我每得到一个题目，不就动笔，先尽心思索，紧紧抓住这个题目的要点所在，古人说“读书得间”，这也许可以说是要“看题得间”；你只要抓住了这个“间”，便好像拿着了舵，任着你的笔锋奔放驰骋，都能够“搔到痒处”，和“隔靴搔痒”的便大大的不同。这要诀说来似乎平常，但是当时却有不少同学不知道，拿着一个题目就瞎写一阵，写了又涂，涂了又写，钟点要到了，有的还交不出卷来，有的只是匆匆地糊里糊涂地完卷了事。

（原载 1936 年 11 月 8 日上海《生活星期刊》第 1 卷第 23 号）

英文的学习

关于英文的学习，我不能忘却在南洋公学的中院里所得到的两位教师。后来虽有不少美籍的教师在这方面给我许多益处，但是这两位教师却给我以初学英文的很大的训练和诀窍，是我永远所不能忘的厚惠。在这国际交通日密、学术国际化的时代，我们要研究学问，学习一两种外国文以作研究学问的工具，在事实上是很有必要的，所以我提出一些来谈谈，也许可以供诸君的参考。

我所要说的两位英文教师，一位是在中学二年级的时候教授英文的黄添福先生。他就是拙译《一位美国人嫁与一位中国人的自述》的那本书里的男主人公。他大概是生长在美国，英文和美国人之精通英文者无异；英语的流利畅达，口音的正确，那是不消说的。他只能英语，不会说中国话。做中国人不会说中国话，这就某种意义说来，似乎不免是一件憾事，但是仅就做英文教师这一点说，却给学生以很大的优点。当然，倘若只是精通英文而不懂教授法，还是够不上做外国文的良师。黄先生的教授法却有他的长处。他教的是英文文学名著，每次指定学生在课外预备若干页，最初数量很少，例如只在两三页，随后才逐渐加多。我记得在一年以内，每小时的功课，由两三页逐渐加多到二十几页。上课的时候，全课堂的同学都须把书本关拢来，他自己也很公平地把放在自己桌上的那本书关拢起来。随后他不分次序的向每一个同学询问书里的情节，有时还加以讨论。问完了每个同学之后，就在簿子上做个记号，作为平日积分的根据。他问每个同学的时候，别的同学也不得不倾耳静听，注意前后情节的线索，否则突然问到，便不免瞠目结舌，不知所答。在上课的五十分钟里面，同学们可以说没有一刻不在紧张的空气中过去，没有一刻不在练习听的能力。

除听的能力外，看的能力也因此而有长足的进展，因为你要在课堂上关拢书本子，随时回答教师关于书内情节的问句，或参加这些情节的讨论，那你在上课前仅仅查了生字，读了一两遍是不够的，必须完全了然全课的情节，才能胸有成竹，应付裕如。换句话说，你看了你的功课，必须在关拢书本之后，对于书内的情节都能明白。这样的训练，对于看的能力是有很大的益处。我和同学们最初却在心里有些反对，认为教师问起文学的内容好像和什么历史事实一样看待，使人费了许多工夫预备。但是经过一年之后，觉得自己的看的能力为之大增，才感觉到得益很大。

还有一位英文良师是徐守伍先生。他是当时的中院主任，等于附属中学的校长；当我们到了四年级的时候（当时中学是四年制），他兼授我们一级的英文。他曾经在美国研究经济学，对于英文也很下过苦功。他研究英文的最重要的诀窍是要明白英文成语的运用。这句话看来似乎平常，但在初学却是一个非常重要而受用无穷的秘诀。徐先生还有一句很直率而扼要的话，那就是你千万不要用你自己从来没有听过或读过的字句。这在中国人写惯中国文的人们，也许要觉得太拘泥，但是仔细想想，在原理上却也有可相通的。我们写“艰难”而不写作“难艰”，我们写“努力”、“奋斗”而不写作“奋力”、“努斗”，不过是由于我们在不知什么时候、什么地方听过或看过这类的用法罢了。初学英文的人，在口语上或写作上往往有“捏造”的毛病，或把中国语气强译为英文，成为“中国式的英文”！要补救这个毛病，就在乎留意不要用你自己从来没有听过或读过的英文字句。在积极方面，我们在阅读的时候，便须时常注意成语的用法。成语的用法不是仅仅记住成语的本身就够的，必须注意成语所处的上下文的意思。我们在所阅读的书报里，看到一种成语出现两三次或更多次数的时候，如真在用心注意研究，必能意会它的妙用的。我们用这样的态度阅读书报，懂得成语越多，记得成语越多，不但阅读的能力随着增进，就是写作的能力也会随着增进。

黄先生使我们听得懂、听得快，看得懂、看得快，偏重在意义方面的收获；徐先生使我们注意成语的运用，对于阅读的能力当然也有很大的裨益，尤其偏重在写作能力的收获。

我觉得这两位良师的研究法可通用于研究各种外国文。

（原载 1937 年 4 月上海生活书店《经历》）

略谈读书的方法

一

自从苏联一个又一个的五年经济计划实行奏效之后，经济学家都喜谈“计划经济”，其实不但经济应有计划，就是读书也应该首先有一个计划。有些人读书没有一定的目的，今天随便拿一本看看，过几天又随便拿一本看看，这样读书，虽不能说他在知识上不是没有一些进步（这当然是指内容正确的书），但是“无政府状态”的读书，收效究竟是很少的。所以我们读书应该首先有一个计划。

读书要有一个计划，必先决定自己所要研究的科目或中心问题。在学校里读书，学校里有着一定的课程，这课程便是学校替学生规定好的读书计划，你决定要读那一科，便须依照那一科的课程读去。这种读书计划比较的呆板，不能随着个人的选择而随便更动的。但在外国大学院的研究，便比较有伸缩性，要由选定了科目或中心问题的学生，和他们研究的科目或中心问题有关的教授，共同商定读书的计划。在这个计划里，依所商定的时间（一年或二年），根据所欲研究的中心问题，把必须读的书和必须参考的书列举出来，在列举之中把各书的先后和研究的门径与方法都有系统地规定好。整个计划规定之后，学生便依据这个计划，在这位教授经常指导之下，研究下去。这种教授大概都是与某科或某中心问题有关系的专家乃至权威，他对于这一科或这一中心问题，当然彻底知道研究的方法和阅读的门径，对于学者是很有帮助的。学者在这样有计划的指导下，如真能切实研究下去，到了相当的时期，他对于这一科或这一中心问题的学问，可以得到完备的基础，如有志再深造，可作进一步的计划，根据第一个计划作进一步的研究。

我在英伦求学的时候，看到有好些中国的朋友不愿意读学位，认为学位头衔是没有什么意思的，但是遇着他们自己没有一定的读书计划时，我还是劝他们选读一个学位，因为要是选读一个学位，必须经过上面所说的手续，即必须选定一个中心问题，和一个有关系的教授共同商定一个读书计划，多少可以得到有系统的益处，比之没有计划的胡乱阅读有益得多。

以上所谈的虽然是偏于叙述外国大学院里的研究情形，但记者的意思当然不是说读书的人非到外国大学院里去不可，只是要介绍这种有计划的读书的原则，以备有志读书者的参考。

我特别声明，这种有计划读书的原则，在校外自修的人也可以采用的。

此外再举一个例子谈谈。在伦敦的英国博物馆的图书室里，对于每一专学的部门都有很明白的重要著作书目，可供读者随意查阅，非常便利。西文书籍还有一个优点，就是在一书后面，常有很有系统的参考书的介绍，尤其详细的是在书末对于书内每一章的课题都有书目的介绍，这书目的介绍不仅是随便撮举几本为著者所看到的，却是就每一章的课题范围，举出关于研究这个课题所必须看的重要参考书，而且把这些参考书依着程度深浅而排列着。这样的参考书介绍，于读者有极大的帮助，由于名著者或权威所指示的这种参考书介绍，差不多就可以等于该部门专学的读书计划。读者依着这个介绍，在图书馆里简直好像是在掘金矿似的，越“掘”越有趣味。这种办法虽不是在学校里有名师共同商定之读书计划，因为是由于自己努力“掘”出来的，可是有名作家对于某种专学的参考书作有系统的介绍，在原则上也就等于有人领导，至少是读者自己有方法找到名作者的领导。我深深地感到图书馆里的良好的书目分类及著者在书末的有系统的参考书介绍，是帮助我们造成读书计划的最好的工具。在中国，图书馆的设备实在太少而又太贫乏，关于专学的著作，对于参考书作有系统的介绍也不多见，这是使读书的人受到很大的妨碍或不便。我们在这两方面都应该特别努力。

这当然也不是说在现状下我们就绝对不可能有读书计划。我们还是可以尽可能地替自己定下一个读书计划。首先我们要决定哪一部门的学问，或哪一个中心问题，然后根据这个对象，就现在可能得到的书，由浅而深，分成几个研究的阶段，按着规定的时间，有计划地读下去，即不能有三年五年的计划，至少应有一年半载的计划。在这一年半载中，随时随地注意关于这一部门或中心问题的材料。除必要的有关的书籍外，如有充分的时间，其他方面的书报也尽可以看，但却以能够包围着这个中心问题为前提，而不是心目中毫无对象的乱看。这样有计划的读书，才有较大的收获。

二

对于任何部门的学问，如有意深造，最好能学得阅读一种外国文的能力。只能阅读本国文的人，关于外国的名著，当然也有译本可看，但是在我国译述的缓慢，以及正确译本的不易多得，阅读外国文的能力仍然是很重要的。就是在欧美各国，有志研究较深学问的人，对于一种或两种外国文的阅读能力也是很注重的。例如英国的专科学生，大学教授，大都能够阅读法文或德文的书籍，苏联是大众对于学习最热烈的国家，你在他们的青年学生里面，在他们的学者里面，乃至男女工人里面，随时随地可以发现他们有的能读德文，有的能读法文，有的能读英文。这是因为学术是没有国界的，学习狂愈高，外国文的阅读能力愈有迫切的需要。

能读一种外国文的人，读原文的社会科学的书，比读译文舒服得多迅速得多，也就是可以使读书的效率增加得多。正确的译本不易得，尤其是较深的书，常常易被译者译得“走样”，所以我甚至于感觉到仅能看译本的人看得很多之后，把许多“走样”的知识装满了一脑袋，在思想上也许不免要含有多少危机！所以我要奉劝真有志读书的青年朋友，最好能够学习阅读一种外国文的能力。这并不是一件很难的事情，学习读外国文，只须读得得法，一二年至二三年的努力是可以达到目的的。在我所认识的朋友，就有不少是自修（开始当然需要人教，但不一定要入学校）外国文而能够阅读外国文书报的。为着自己在学识上的深造起见，这种能力实在值得我们来培养。

（原载 1939 年 2 月 1 日重庆《读书月报》第 1 卷第 1 期）

逆流中的一个文化堡垒

我昨天和诸位谈过了"故事的象征",现在要在这一个观点之下来谈逆流中的一个文化堡垒。在逆流中被摧残的文化堡垒,有书店、报馆、通讯社及其他文化团体。我现在所要谈的只是许多被摧残的文化堡垒中的一个,这一则因了它可供作一个代表性的例子,二则因为对于这个文化堡垒,我也是亲自参加的一分子,它被摧残的整个过程,是我所完全熟悉的。

我们要说的这个文化堡垒,就是具有十六年光辉历史的生活书店。关于生活书店,在我所著的《事业管理与职业修养》一书中可以详细知道,该书中的附录"生活史话",对于该店的历史,尤有详尽的叙述,所以我在这里对于该店的历史不必有所赘述。我所要扼要提及的只是关于这几点:(一)生活书店的精神何在?(二)生活书店在抗战期间贡献了什么?(三)生活书店被摧残的经过;(四)摧残生活书店究竟用了什么借口?(五)援救无效的经过。

生活书店是有着苦干的精神——为文化事业而艰苦奋斗的精神,

这种精神是全体三百左右的工作干部所同具的，是十六年来始终一贯的。由这集团的苦干精神和长时期的苦干，才产生了中国文化界一支伟大的生力军。生活书店不是任何个人借以牟利的私产，是全体同事以劳作所得共同投资的文化事业机关，全体同事自理事会主席、总经理至练习生，都是以劳作换得薪水，自食其力，没有一个人于劳作换得的薪水之外，有任何不劳而获的享受。十六年来，所有盈余都滚存加入事业费，连些微的股息都分不到。经济完全公开，每年都有会计师查账证明。由这种完全为文化事业苦干而没有任何个人借以图谋私利，所以能由极小的规模，极微的资金，纯由自力更生的力量，由上海一隅之地，逐渐扩充到分支店共达五十五处之多，遍及于十四省。经济完全公开及为事业而苦干的精神，使每一个同事都把文化事业作为唯一的对象而不怕艰苦，不辞辛劳，只求对中国的文化有所贡献。我们内部长时期的含辛茹苦，只有自己深切知道，有非外人所有尽悉的。例如国军自淞沪撤退之后，我们的大部分干部有疏散到内地各据点继续工作之必要，但是有限资金几全为存货，同事盘费无着，焦灼万状，幸亏临时做了一笔纸生意，赚得三千元，才于万分急迫中勉强疏散。往内地建立工作据点的同事，号称“经理”，实际上等于流亡。因交通拥挤，曾有同事乘船被挤得落下水去，勉强获救，得全生命。有同事因经济苦窘，登岸后即在码头上露宿一宵，然后努力建立新的工作据点，执行“经理”职务。他们所以能有这样苦干的精神，是深刻明了他们的勤苦不是为任何少数人谋利，而是为中国的文化事业奋斗。

生活书店有着合作的精神，这种精神之所由来，是由于该店管理采用了民主集中的原则。我们主张民主政治，在我们所努力的文化事业中，也尽可能采用了民主集中的优点。该店领导整个事业的最高机构是由全体同事选举出来的理事会，处理人事的最高机构是由全体同事选举出来的人事委员会。整个事业的大政方针，重要原则，以及处理人事的规章，都是由代表全体公意的领导机构议决后，交由有关的负责人切实执行。任何一个同事有意见，都有贡献的机会，对于公共的决议，都有服从的义务，对于执行的情形及结果，都有督促及询问的权利。由此造成集体的管理，民主的纪律，使每一个同事都把店务视为自己的事情，都对店的事业关切。当前年“五三”“五四”陪都遭到敌机残酷轰炸的时候，我们的店已近火焰，当时虽出重资雇工搬移，亦无人受雇，全体同事自动搬移公物及货物至安全地点，使店没有受到一点损失，这种共患难同甘苦的精神，就是出自集体管理及民主纪律之赐。

“生活精神”可在“生活史话”中得知其详，我在本文只撮举最重要的二点：即苦干和合作的精神，并说明这两种精神之所由来。但是出人意外的是后来生活书店的遭难，这两种精神却成为被人造谣陷害的根源。这是后话，且听下回分解。

（原载 1941 年 6 月 8 日香港《华商报》）

课外阅读

常有青年朋友写信问起写作的秘诀，其实我只是一个平凡的新闻记者，写的不过是平凡的新闻记者所写的很平凡的东西，说不上什么作家，所以对于这种问句，很感到惭愧。不过就我很平凡的一点经验说，觉得在初学方面最重要的不外两点：一是写的技术，二是写的内容。简单说起来，所谓写的技术，是能够写得出自己所要说的话，也就是能够达意。所谓写的内容是有话说，也就是有什么意思或意见要说出来。

我上次和诸君谈过在小学和中学里得到良师教授国文的情形。但教师尽管教得好，实际的领略和运用，还是要靠自己努力去干，从干的当中得到要诀。这好像游泳一样，只是听了算数是无用的，必须钻到水里去游泳，才有所得。我当时在学校里所学的国文还是文言文，读的是古文。只靠教师在课堂上教的几篇是不够的，所以对于什么《古文辞类纂》《经史百家杂钞》，所谓八大家的各个专集（尤其是《韩昌黎全集》）《王阳明全集》《曾文正全集》以及《明儒学案》等等，在课外都完全看了一下。觉得其中特别为自己所喜欢的，便在题目上做个记号，再看第二次；尤其喜欢的再看第三次；最最喜欢的，一遇着可以偷闲的时候，就常常看。此外如《新民丛报》，梁任公和汪精卫笔战的文字，在当时也是我看得津津有味的东西。还有一部书也是我在当时很喜欢看的，说来很奇特，是所谓《三名臣书牍》，共有四册，是曾涤生、胡林翼和曾纪泽的奏摺和信札①。我却不是崇拜什么"名臣"，只觉得这里面的文字都很精悍通达，对于他们处理事务的精明强干，尤其是物色人材和运用人材方面，感到很深的兴趣。据说他们的这些文字不一定是完全自己写的，有好些是当时幕府中的能手代做的。我有一天在旧书摊上无意中碰到这部旧书，偶然翻看了几页，觉得越看越有趣，便把它买回来，居然在我的书堆里占了很"得宠"的位置。

当然，这是当时研究文言文做了的一点点工夫，现在注意的是白话文，研究的人不一定要走这条路，而且时代也更前进了，内容方面相去也更远。所以我和诸君随便谈到这里，并不是要开什么书目供参考，只是表示我们在初学的时候，要想增进自己的写的技术，便要注意多看自己所喜欢看的书。

我当时发现一个有趣的事实。我所看的书，当然不能都背诵得出的，看过了就好像和它分手，彼此好像都忘掉，但是当我拿起笔来写作的时候，只要用得着任何文句或故事，它竟会突然出现于我的脑际，效驰驱于我的腕下。我所以觉得奇怪的是：我用不着它的时候，它在我那脑子里毫无影踪，一到用得着它的时候，它好像自己就跑了出来。我后来读到了心理学，觉得这大概就是所谓潜意识的作用吧。无论如何，我在当时自己暗中发现了这个事实，对于课外的阅读格外感觉到兴奋，因为我知道不是白读白看的，知道这在事实上的确是有益于我的写的技术的。

---

① 曾涤生：即曾国藩，字涤生。

我觉得我们在阅读里既有着这样潜意识的作用，对于所选择的书籍的文字（这仅就写的技术方面说，内容当然也很重要），要特别注意。例如有些文字，尤其是所谓直译的文字，写得佶屈聱牙，几十个字一停的长句，看得多了，也要不知不觉中影响到一个人的写作的技术，写出来的东西也使人看了不懂，或似懂非懂，使人感觉头痛！

当然，看书有人指导是可以省却许多不必要的时间和精力的耗费。现在的青年在这方面已有比较的便利，因为有好些杂志对于读书指导都是很热诚的。我在当时却是自己在暗中摸索着，但是我自己却也有一点选择的"策略"，虽简单得可笑，但在当时确受到不少的好处。我每到书店或旧书摊上去东张西望着，看到书目引我注意时，先在那里看它几页，称心才买，否则就要和它永诀。有些所谓作家，你虽然东看到他的大名，西也看到他的大名，但是也许买到他的大作来看看，却不免感觉到硬着头皮看下去也看不懂，或是味同嚼蜡，看着就想睡觉！

（《二十年来的经历》之四，收入 1937 年 4 月生活书店版《经历》）

写作的尝试

在国文课上作文，当然也可以说是写作的尝试，但是我在这里指的却是发表或投稿的文字。

我读到中学初年级，几个月后就陷入了经济的绝境。我知道家里已绝对没有办法，只有自己挣扎，在挣扎中想起投稿也许不无小补。但是不知道可以投到哪里去。有一天偶然在学校的阅报室里看到《申报》的“自由谈”登着请领稿费的启事，才打定主意写点东西去试试看。那时的“自由谈”是由冷血先生主编，他自己每天在那上面做一篇短评，其余的文字大概都是靠投稿。

但是我有什么可以写呢？的确踌躇了好些时候。我上次不是和诸君谈过吗？我觉得写作在初学方面最重要的不外两点：一是写的技术，二是写的内容。这两点虽同是不可少的，但是第二点似乎比第一点还要重要。我这时在写的技术方面比较地有一些把握，但是因为经验的薄弱，观察的不深刻，实在觉得没有什么可写。于是我想个办法，到图书馆里去看几种英文的杂志，选译一些东西。这选择并不是什么长篇大文，只是几百字的短篇的材料，例如体育杂志、科学杂志等等里面的零星的材料，大讲其健康或卫生的方法，以及科学上形形色色的有趣的发明。这种材料在当时的"自由谈"是可以适用的，可是试了几次总是失败，好像石沉大海，无影无踪。但是我可以勉强抽出时间来的时候，还是试试看。有一天翻开报纸来，居然看见自己的文字登了出来，最初一刹那间好像还不能相信自己的眼睛，仔细看着题目下的署名，的的确确一毫不差的是"谷僧"两字(这是当时随便取的笔名)！这样陆陆续续地发表了好几篇，到月底结算稿费的时候，报上那个请取稿费的启事里，当然缺不了我的份！我便和我的弟弟同到棋盘街一个刻图章的小摊上去刻了一个，拿到申报馆去伸手拿钱。心里一直狐疑着，不知到底能够拿到多少。不料一拿就拿了六块亮晶晶的大洋！如计算起来，一千字至多不过一块钱，但是我在当时根本没有想到这样计算过，只觉得喜出望外。我的弟弟比我年龄更小，看见好像无缘无故地柜台上的人悄悄地付出几块大洋钱，也笑嘻嘻地很天真地替我高兴。我们两个人连奔带跳地出了申报馆，一直奔回徐家汇。这在我当时买一支笔买一块墨都须打算打算的时候，当然不无小补。但是钱到了手，却也就学了一点坏！回校的途中经过了一个外卖彩票的店铺门口，和弟弟两个人商量一会，居然土头土脑地下决心掏出一块大洋买了一张彩票，后来这张彩票的结果和我最初若干次的投稿有着同样的命运！

不久我又发现了一个投稿的新园地——商务印书馆出版的《学生杂志》。记得当时在这个杂志里投稿最多的有三个人：一个是杨贤江，当时他还在师范学校求学；一个是萧公权，他的底细我不知道，由他文字里看出他似乎是四川人；一个便是我。我的文字虽常常也被采登，但我自己知道都不及他们两位的好，因此愈益勉力求进步，好像暗中和他们比赛似的。在这个杂志里所投的稿不像在"自由谈"上的只有数百字，一来就是几千字了。所写的内容，大概偏于学生修养方面的居多，这是我在当时的学生群中观察得来的材料（当时南洋公学的学生有千余人，这学生群还不算小），比以前译述健康方法和科学小品的内容又有不同，在组织材料和构思方面比较地多得一点训练。我从这里又得到一个教训，就是我们要写自己所知道得最清楚的事情，尤其是实践或经验中感到最深刻印象的事情。

但是我在《学生杂志》里投稿也不是完全顺利的，总是去了好几篇才登出一篇。登了一篇之后，好像替我打了一个强心针，再陆续写几篇去，登后再等着多少时候。关于好多没有采登的稿子，我当时并不知道，也没有想到这应该埋怨编辑先生，因为我知道自己的稿子并不是篇篇都好。我当时虽一点不知道自己将来的职业是编辑，但是说来奇怪，对于做编辑的苦衷，似乎已经了解。

（《二十年来的经历》之五，收入1937年4月生活书店版《经历》）

写作中的“积蓄”

上两次所谈过的是关于英文的说和看的方面，现在要谈谈怎样训练学生的写的能力。

写的能力当然和看的能力有着很密切的关系。我已经说过，中国学生不是没有意思发表，往往苦于所习的英文生字和成语不够用；要补这个缺憾，只有在看的时候注意“积蓄”最有用的生字和成语。可是仅在看的时候“积蓄”还不够，还要训练他们在写的时候也要下“积蓄”的工夫。这又怎么说呢？需要相当的解释。

学生们所用的课本的内容，大概不外乎故事或传记之类，并且是分章的。每遇学生读完一章的时候，我就叫他们各人在课外预备一篇短文，把那章的内容要点，用自己的结构重新写出来。这种短文的长短，可根据原文的长短和学生的能力而酌定下来。开始的时候，可限学生写两页或三页，以后可略为增加。这短文当然不可和书上的原文一样长，那样，学生便没有运用自己重组能力的余地，所以要比原文短，使学生要用一番思考和选择。这短文的内容要能尽量包括原文的全部要点；如果学生只是随便抄录一段，那是要不得的。这短文既比原文要短，又须包括原文全部的要点，所以学生尽管用着原文里的许多生字和成语，却并不能把原文照抄下来。但是因为要用着原文里的许多生字和成语，便在写的里面也包含着“积蓄”的功用。当然，有些学生在课外还自己看些英文的书报，如果他看得有心得，也另有些生字和成语运用在这短文里面，只须是用得好，也是可以的。这种地方，做教师的也可以鼓励学生的自动研究的精神。

初学英文写作的学生，通常往往因为所有的生字和成语不够用，文法的知识也不够用，而教师的英文题目却摆在他的眼前，他为交卷计，不得不瞎写一阵；生字和成语固然用得一塌糊涂，大半都是“独出心裁”，只就他所有的中文的语句，“捏造”成不中不英的语句来塞责，文法也是乱七八糟的。教师看了只有皱眉，改不胜改，叫苦连天，大怪学生的不行，不知道学生也不是愿意自己这样不行，无奈脑里“空空如也”，“行”不出何！用上面所说的那样办法，学生写的时候，有书里的原文做参考，文法不错，就是有也极少，辞意的表现也不必求助于“捏造”的不中不英的语句了。

这种短文须学生于课外自己预备好，然后在课堂上写出来。他们在课堂上写的时候，可以看原书，但是不许看自己所预备的稿子。这理由很简单。学生在外面的时候，也许因为自己的程度差一些，要请教请教比较高明的同学，甚至难免有一两次请人代写（虽则这是不应该有的，但是在最初的时候，在事实上也许不会完全没有）；本人也不得不用心，把这短文原稿的意识和结构弄清楚，记清楚，否则在课堂上既不许看原稿，也仍然是写不出的。学生在课堂上写的时候，所以许他们翻阅原书，这倒没有什么重要的意义，我觉得只是给学生一些便利，使他们不要感到过分的困难，对原稿不必用死记的工夫。学生觉得既有原书可以做参考，在精神上也似乎可以减少过于紧张的苦痛。他们在课堂上写的时候，不但可以带原书做参考，还可以带字典到课堂上来用。

学生这样开始练习写作，不但于他们大有益处，就是做教师的看卷子，也可以减少许多麻烦或甚至于苦痛！教师改卷子的时候，只须把不妥当的地方（无论是字的不妥，或是文法的不妥），用红笔划出，下次上课时发还学生，叫他们自己在课外改好后再交进来。有的学生需要发还三次，修改三次。为鼓励起见，教师在第一次发还给学生的卷子上都要依成绩的优劣，注明 ABC 等的等次，并另在簿子上记下来；第二次的修改也要把成绩记下来。每次全体文卷这样结束之后，教师还应该把这次各文卷里所犯的较大的错误，在课堂上提出来解释或讨论。

这样写作每做若干次后，可用一次来出一个学生所熟悉和有经验可以表现的题目，让学生自由（即不必根据书本）做一次文章，成绩一定是有相当可观的。

（《二十年来的经历》之二二，收入 1937 年 4 月生活书店版《经历》）

大骂学校的当代文豪

英国的萧伯纳(George Bemard Shaw)是世界一位很著名的文学家,常能本他冷眼的观察,发出惊人的议论,最近有一位女记者见着他,这样的问他道:“假使你现在能够重复过你小时的学校生活,你肯从新进学校去过那同样的学校生活吗?”

这个文学界的怪杰听了反诘她道:“你想一个人被法庭定了罪去做苦工,做了之后再肯重做一番吗?”那位女记者倒被他问得发呆!他继续的说,凡是爱学校的儿童,都是那些怕父母比怕教师还要利害的儿童。讲到他自己呢,他老实宣言,他在学校时候是用坚决的怠惰来救了他的脑子,未致破坏!他说他绝对不肯死记那些只备应考的东西。他又继续的说,他急欲保全他的脑子的本能,使他在学校里上地理课的时候,在翻开的地理教科书下面放着一本小说偷看。

那位女记者听他这样把学校痛骂一顿之后,接着问道:“近世学校对于儿童方面的自由,是否比从前那样训练好些?”

萧伯纳答道:“这我却不知道。不过在我从前所进的学校里,既无所谓自由，也无所谓训练。他们只叫你死读他们所教的书，只叫你静坐，倘若你不照他们的话做，他们就打你几下，强迫你那样做！”

那位女记者不因他的痛骂而有所畏却，临走的时候还问一句：“照你看起来，现在国家费了许多钱实施教育，能希望得着什么结果？”他答道：“照现在的情形，所能希望得着的结果是道德的和智慧的萎靡不振，加上文字上及言语上的鄙陋盲塞！要实施一种合理的，真诚的，切合实用的教育制度，也许在一二代之后，能希望全国受得真正的教育。”

我介绍萧伯纳这一番议论，决不是劝做学生的人做什么“坚决的怠惰”，也不是劝他们做什么“在翻开的地理教科书下面放着一本小说偷看”，是要唤起做家长的，做学校当局及教师的，以及做青年的人，要注意天才，要注意所学的是能合于青年的个性，不要糊涂，不要蛮干。萧伯纳自己恨极了那些破坏人家脑子的学校，所以很偏激的说他自己在校里坚决的怠惰，其实他无时不在那里留心他自己的天性，留心他自己的天才，他的偷看小说是含有意味的，是自己知道天才是在文学界的，不是偷懒的事情，不然，也就糊里糊涂的过日子，哪里想得到什么“保存他的脑子”呢，所以他的“坚决的怠惰”是指不肯读死书方面讲，他的精力是另有所注的，天下决没有真正怠惰而能成功的人。

我们自己要常常留心默察我们的特长和特殊的兴趣，朝着这个方向准备修养，寻觅机会作尽量的发展，各尽天赋，希望对社会有最大的贡献——各人天赋范围内的最大贡献。这不仅是在求学时代应该如此，一个人的一生是天天在进步的路上向前走的，所以就是在社会上做事的人，就是有了多少成功的人，一面做事，一面还是要修养的，还是要常常增高自己的知识的，不然，便要做时代的落伍者，就好像停了机的坏了的机器一样。

萧伯纳还有一句惊人的话，他说“一个人过了四十岁都是无用的”。有人批评他说，萧伯纳自己现在已活到七十多岁了，照他的说法，他自己在过去的三十年中岂不是虚度了吗？但是我们听说他却仍是活泼泼的，仍是很健旺的，笔健，脑健，身健，好剧本仍是源源不断的写了出来。讲到他的身体，看上去好像是练好来比赛体格似的，他不但在心智方面有继续的良好训练，因此有了"老当益壮"的趋势，就是体格方面也有继续的良好训练，因此也有"老当益壮"的气概。所以著作家霍普卿斯（R. Thurston Hopkins）曾经说过，萧伯纳参加公开辩论的时候，他那样精神饱满，持久不懈的精力，已使人觉得他已胜人一筹。

这样一来，他虽到了七十三岁，还是很有用的，还是很有贡献于社会的，这就在乎他的继续不断的进步，就在乎他年虽老而精神不老能力不老的缘故。像寻常的人，不求进步的人，过了四十岁就说他无用，似乎并不算冤枉，因为你看平日不求进步而过了四十岁的人，他的思想是何等的顽固，他的行为是何等的顽固！他的顽固不但害了自己而且阻碍社会进化是何等的可恨！但是他的顽固，他的无用，不是到了四十岁而由一朝一夕造成的，是在平日，是在四十岁以前的许多平日，不求进步而使然的。所以我们大家要记着：一个人的一生是天天在进步的路上向前走的。

（原刊 1929 年 4 月 14 日《生活》周刊第 4 卷第 20 期）

萧伯纳的夫人

英国的萧伯纳是现代的一位名震世界的文学家,他幼年对于自己个性及特长之爱惜,与后来投身社会之奋斗生涯,记者曾两次为文叙述其概略。诚以一个人在学问或副业上真能有所树立,闻者往往眩于他的声誉震动寰宇,但见其光耀境域,而初未想到天下无不劳而获的真正学问,无不劳而获的真正事业,此种光耀境域的底面,实含有艰苦困难的处境,咬紧牙根的努力,所以像萧伯纳那样的经历,很值得我们的注意。我现在要谈谈这位文豪的家庭,所以要接着做这篇短文,把萧伯纳夫人之为人,介绍给读者诸君。

萧伯纳夫人在未嫁以前是平汤馨女士(Charlotte Frances Pagne Townshend),对于社会服务,非常尽力,所以关于社会改造的各种运动,她无不用全副精神参加。她富有组织的能力和管理的能力,但她不喜欢出风头,因此在实地去做的方面常看见她在那里欣欣然尽其心力的干,在报纸上和可以吸引公众注意的场所,却不大看见她的名字和踪迹。

她遇着萧伯纳和他做朋友的时候，老萧还是一个无名小卒，还是一个正在努力竞存的新闻记者，但是她已经很敬重他的才学，很敬重他的为人。有一次萧伯纳因意外受伤，一病几至不起，由女士尽心看护，竟获痊愈，痊愈后他感于女士的情谊，就在一八九八年和女士结婚，得女士的鼓励和安慰，使他能够弃新闻业而专心致志于他天性及特长所近的事业——戏剧的著作。当时萧伯纳已经四十二岁了。有志努力的人，四十二岁也还是可以努力的，不怕迟；年纪更小于此的，更是不必自馁了。所最可怕的是年未老而精神先老，体格先老，志气先老，那就虽然不是“老朽”，却已是“朽木不可雕也”的青年或壮年，实际上已成了“青朽”或“壮朽”了。

萧伯纳至今谈起他们俩举行结婚礼时候的一段笑话，还笑不可抑。据他说，当时他们俩的婚礼是定在一个注册局里举行的。他预先在许多朋友里面请定两位做证人，这两位之中有一位就是很著名的社会哲学家瓦勒斯(Graham Wallas)。他们这两位朋友逢此盛会，都把最好的衣服穿在身上，比那天的新郎不知道好了多少，因为当时的萧伯纳所有的衣服，简直没有一件够得上“最好的”形容词。那位新郎虽在那里起劲得很，但是那位准备主持婚礼的注册办事员却不以为他是新郎，所以当行礼的时候，证人和新郎新娘立在一起，那位注册办事员开口执行主婚的当儿，竟把眼睛望着那位一身穿着“最好的”衣服的瓦勒斯，险些儿把平汤馨女士嫁给他！这个错误当然立刻即被纠正，但当时的那幕情景却令人发噱。

萧伯纳夫人是一位妩媚悦人蔼然可亲的女子，她的温柔和善的性情和态度，凡是遇着她的人，没有不受感动的。她的幽默的天性，和萧伯纳一样，无论她的家庭在伦敦的什么地方——从前在伦敦的爱德尔飞(Adrlphi)，最近在伦敦的怀德荷(Whitehall)——那个地方的许多朋友以及他们的家庭，都觉得她的感化力之伟大。

萧伯纳夫人对于自己家庭的布置安排，异常的简静而合于美术。这种和谐的环境，愈益引起萧伯纳的文思。这种和谐的环境，任何人的躁急性子，都要被它所融化。萧伯纳夫人是她丈夫的亲密的伴侣；她对于他的事业，对于他的思想，具有十分的热诚与同情，无时不在那里协助他，鼓励他，安慰他。她所以能成为她丈夫的同情伴侣，尤其因为她自己也是有文学的天才，不过因为她丈夫的盛名而掩蔽了不少。

萧伯纳夫人对于英国的舞台上的文学，有一个很重要的大贡献，便是她不畏艰难的把法国的著名戏剧家白利欧(Eugene Brieux，1858)①的剧本介绍到英国来。她敬重白利欧的剧本，好像她丈夫有一时敬重易卜生(Henrik Ibsen，1828—1906，挪威的著名戏剧家及诗人)的剧本一样。白利欧也是一位社会改造家，他有勇气批评近世文明里的缺点，以及历代相传视为当然的许多问题。萧伯纳夫人自己也是一位社会改造家与理想家，所以对白利欧的著作很表同情，就把他的许多名著，由法文译成英文，译本畅达流利，声誉鹊起，同时因为她自己也是英国舞台协会执行委员之一，用许多方法劝请审查委员会允许白利欧的剧本在英国舞台上演，起初有许多人反对，后来终因她的毅力主持，获得胜利。

平汤馨女士是萧伯纳的活泼的同情的伴侣，萧伯纳在近代文坛上的声誉，在促成他成功的要素里面，这位贤夫人的力量不小。她替世界上成全了这样一位文学家，这不仅是她自己对于丈夫的事情，不仅是她自己对于丈夫的贡献。

(原刊 1929 年 4 月 28 日《生活》周刊第 4 卷第 22 期)

---

① 白利欧：今通译白里欧(1858—1932)，法国剧作家，著有《西哈诺》等。

悼世界文豪高尔基

记者因为写过了二十万字左右的世界文豪高尔基的传记，对于他的生平有过很感兴味的研究，前年在欧洲游历到莫斯科的时候，很想和这位久所钦仰的文坛老将谈谈，不料他正在别处旅行未回，竟错过了这个机会。不过当我在苏联游历的时候，听到许多朋友谈起，知道他真是苏联的“国宝”。你无论遇着什么乡村的妇女，或田间的小孩，提起高尔基，他们都知道，他们都要一团高兴地和你谈论关于他们所心爱的高尔基，都要手舞足蹈地告诉你关于他们所心爱的高尔基的这样那样。这种情形使我愈感觉到他是大众的文豪，和那些只供少数人消遣的所谓文学家，大不相同。其实他在文坛上四十几年的努力，不但为了苏联的大众的利益，同时也为了世界的大众的利益，所以他不但是苏联的文豪，也是世界的文豪。我们听到他去世的不幸消息，不但为苏联怜惜这位文坛大将，并为世界悼惜这位文坛大将。

高尔基的一生，最使我兴奋的，是他的始终不倦的艰苦奋斗的精神。他五岁便做了孤儿，十龄便投身社会，在一家鞋店里当学徒，艰苦备尝。不久他在一个绘图师的家里做“打杂”，他的主人有个母亲，一个长舌的老太婆，一早就把高尔基叫醒，一直使他忙到深夜。他要劈柴搬柴，要烧茶水，要起灶火，要擦地板楼梯，要洗碗碟，要摘菜，要从市面上把菜物搬回来，还要替主人抱婴孩，洗一家人的衣服！这时候，高尔基才十二岁！他又做过神像店的学徒，做过糕饼店的学徒，做过守夜，做过码头脚夫，还做过许许多多下层民众的苦工。他在糕饼店里做工，每日要做十四小时的好像地狱生活的苦工，每月仅得到三个卢布的工资。我们读到他的奋斗史，好像读着不可思议的神话。但却都是事实，千磨百折的可惊的事实。这些事实都不能把高尔基压下去，他终于排除了万难，成了今日全世界大众所敬慕的文豪。

他的原名叫做阿列克塞·皮什柯夫(Alexey Peshkov)。他二十三岁的时候，在梯弗里斯的铁路上会计处做个小职员，工余自己读书，开始尝试创作，第二年九月(即一八九二年，他二十四岁)，第一次把他的小说《马加尔·楚德拉》发表于当地的“高加索”日报，才第一次用他的笔名玛克西姆·高尔基(Maxim Gorky)。这位“下流社会的代言人”的为大众福利的著作生活便开始了。他四十几年的著作生活，作品的丰富，是很可惊人的，继续不断的努力也是很使得我们闻风兴起的。

我最喜记诵他在所著的《鹰之歌》里面的警句：“我们唱着歌，赞美傻子的勇敢!”在中国——这样危迫的中国——我们所需要的是无数“傻子的勇敢”!

辑五　大千世界

闲暇的伟力

“闲暇”两个字，用再平常一点的话讲起来，就是“空的时候”。

金屑 在美国费列得费亚的造币厂地板上，常用造币材料余下小如细粉的金屑，看过去似乎是很细微不足道，但是当局想法把它聚集拢来，每年居然省下好几千圆的金洋！能用闲暇伟力的成功人，也好像这样。

短的闲暇 我们常听见人说：“现在离用膳时候只有五分钟或十分钟了，简直没有时候可以做什么事了。”但是我们试想世界上有多少没有良好机会的苦儿，竟利用许多短的闲暇，成功大业，便知道我们所虚掷的闲暇时间，倘若不虚掷，能利用，已足使我们必有所成。此处闲暇时间外的本来的工作时间尚不包括在内，可见闲暇的伟力，真非常人所及料！

格兰斯敦 格兰斯敦是英国最著名的政治家，他的法律的政治的名著，世界上研究法律政治的人无不佩服的。但是他一生无论什么时候，身边总带一本小书，一有闲暇的时候，就翻来看，所以他日积月累，学识渊博。大家只晓得他的学识湛深，而不晓得他却是从利用闲暇伟力得来。

法拉台①　法拉台（Michael Faraday）是电学界极著名的发明家。他贫苦的时候是受人雇用着订书的，一天忙到晚；但是他一有一点闲暇，就一心一意做他的科学试验。有一次他写信给他的朋友说："我所需要的就是时间，我恨不能买到许多'写意人'的'空的钟头，甚至空的日子'。"但是有"空的钟头""空的日子"的"写意人"，反多一无贡献，和"草木同腐"，远不及"一天忙到晚"的法拉台，就在他能利用闲暇的伟力。

虽忙　一个人虽忙，每日只要能抽出一小时，如果用得其法，虽属常人也能精熟一种专门科学。每日一小时，积到十年，本属毫无知识的人，也要成为富有学识的人。

心之所好　尤其是年轻的人，在本有工作之外，遇有闲暇时候，总须有一种"心之所好"的有益的事做。这种事和他原有的工作有无关系，都不要紧，最要紧的是真正"心之所好"，有"乐此不疲"的态度。

现今　"现今"的时间，是我们立志可以做任何事的"原料"；用不着过于追想"已往"，梦想"将来"，最重要的是尽量地利用"现今"。

（原载 1927 年 10 月 9 日《生活》周刊第 2 卷第 49 期）

① 法拉台，今通译法拉第，英国物理学家、化学家。1831 年，他作出了关于电力场的关键性突破，改变了人类文明。

肉麻的模仿

模仿本来不是坏事情，而且有意义的应需要的小模仿反是一件极好的事情，例如模仿外国货以塞漏卮，模仿强有力的海陆军以固国防，模仿良好品性以正心修身，何尝不好？但是无意识的模仿，便有不免令人肉麻的地方。

自从《胡适文存》出版之后，好了！这里出一部"张三文存"，那里又出一部"李四文存"！好像不印文集则已，既印文集，除了"某某文存"这几个字外，就想不出别的稍为两样一点的名称！我看了实在觉得肉麻！这种没有创作精神的"文豪"，只怕要弄到"文"而不"存"！

还有许多做文章的人，见别人用了什么"看了……以后"作题目，于是也争相学样，随处都可以看见"听了……以后"，"读了……以后"的依样画葫芦的题目，看了实在使人作呕！我遇见这一类题目，便老实不再看下去，因为"以后"的内容也就可想而知！

交易所初开的时候，随处都是交易所，好像除了交易所，没有别的生意好做！后来跳舞场开了，也这里一家，那里一家，好像可以开个不完！不细察实际需要而盲目模仿的事业没有不失败的，交易所和跳舞场便是好例。现在又群趋于开设理发店，将来若非一个人颈上生出两个头来，恐怕不够！

即讲到本刊的排印格式，自信颇有“独出心裁”的地方，但是近来模仿我们的刊物，已看见不少，听见有一种刊物的“主人翁”竟跑到印“生活”的那家印刷所，说所印的格式要和“生活”“一色一样”！我们承社会的欢迎，正在深自庆幸，并不存什么“吃醋”的意思，不过最好大家想点新花样，若一味的“一色一样”，觉得很无味。

我们以为无论做人做事，宜动些脑子，加些思考，不苟同，不盲从，有自动的精神，有创作的心愿，总能有所树立，个人和社会才有进步的可能。

（原载 1928 年 8 月 12 日《生活》周刊第 3 卷第 39 期）

什么事不可能

驾雾腾云，在从前哪一个人不视为《封神传》里的“瞎三话四”？不但在中国，就是在西洋，他们原来也有一句俗谚，遇着你说出不可能的事情，往往揶揄地说道：“你不如尝试去飞上天吧。”（“You might just well try to fly.”）可见他们原来也是把“飞”视为不可能的事情。

我们试一考这件由不可能而变为可能的事情所经过的大略情形，便觉得很饶趣味。在西洋一百二十年前已经有人在那里实验这件“瞎三话四”的事情。他们看见鸟有翼膀能飞，所以实验的时候，总在那里用尽心力于构造人工的翼膀。最初不但在实验方面屡次失败，而且被人笑为发痴。这是所谓“意中事”。这几个“痴子”里面有一位叫做凯雷（George Cayley），在一八〇九（即距今一百二十年）做一篇文章登在一家杂志上，大发挥他的精密的“痴想”，据说现在飞机里的许多机件和原理，没有一件不被他猜着的，所以现在说起飞机的发明家，有许多人推他做“鼻祖”。他原是英国一位有名的哲学家，不知怎的会跳出哲学的范围，想起什么飞上天的把戏来。他不但实行“痴想”，而且就在发表该文的第二年，竟造了一个飞机实验起来，起先上面没有什么原动机（Motot），后来竟给他配上了一个原动机。但是他发明的飞机在实验的时候，非但飞不起来，而且炸毁得一塌糊涂，算是失败了。但是从此以后，便唤起若干人的注意，有的研究机件，有的研究机身，慢慢地比以前较有端倪，不可能的程度已渐渐减少。不过这还是极少数"痴子"的信心，一般人还是嗤之以鼻。

许多"痴子"虽仍在那里继续地研究来研究去，但是总飞不起来，一点距离都未曾飞过。一直到了一八九六年（距今三十三年前），有位美国物理学家叫蓝格雷（Samuel Pierpont Langley）造了一个飞机，才算第一次有些效验。不过这个飞机还不能在空中飞，不过在波陀马克河（Potomac River）旁，沿着地飞了半英里左右的距离。同时有一位由学徒出身的在美国的英国发明家，叫做麦克沁（Hiram Maxim），和还有一位发明家叫做爱德（N. C.Ader），也在那里"痴干"，改良了许多地方，但弄来弄去，还是飞不起来。后来爱德也在一八九六年总算造成一个飞机，能稍微离开地面飞过三百五十码的距离。同时在德国柏林也有一位工程师名叫李令索（Otto Lilienthal）对飞机的研究也有些成绩，他实验了二千次，最后一次由八十米达之高跌下来，把头颈跌断，做了科学界的"烈士"。

以上所说的实验，都还不够真正说得上一个"飞"字，可是没有先锋队的牺牲，真正的"飞"当然也无从达到。到了一九〇三年的十二月十七日（距今二十六年前），美国有一位叫赖奥维（Orvelle Wright）和他的弟弟赖威柏（Wibur Wright），他们不过受过初等教育，后来做机匠，不过做做寻常的机器脚踏车，竟对于飞机大饶兴趣，尽心研究，一跃而为发明家。根据他们研究所得，算是第一次乘着飞机飞了起来，但是只飞了二百六十码的距离。前年第一次一口气飞越大西洋而达法国，以三十二小时飞过三千六百三十三哩（即一万余中国里）的林德白（Charles

A.Lindbergh）当时还不及两岁。

赖奥维一九〇三年的飞机也还不是一蹴而成的，他们弟兄在一九〇〇年最初制成的飞机格式，原是想照放纸鸢办法，上面本预备坐一个人，但因为气力不足，只得让飞机独自飞翔，他们弟兄在一九〇一年实验用的第二个飞机，要载上人飞还是不行，若在地上沿地拖着飞，可以一口气飞二十七哩，在水面可一口气驶三百呎。他们弟兄在一九〇三年，替航空事业开新纪元用的飞机，上面装有汽油原动机，其构造比之现在的飞机当然粗率得很，在当时则已经是空前的完备（该机现在英国伦敦科学博物院陈列）。赖威柏已于一九一二年逝世，赖奥维尚健在，已经五十八岁了。自他成功以后，从前似乎不可能的“飞”，已成为无疑的可能的事情了。

天下事只要人努力去干，什么事不可能？但是我们对此问题至少还有下列两个更为明确的要点。

（一）事业愈大则困难亦愈甚，抵抗困难的时期也随之俱长，有的尽我们的一生尚不能目见其成者，我们若能尽其中一段的工夫，替后人开辟一段道路，或长或短，即是贡献。有所成功以备后人参考，固是贡献；即因尝试而失败，使后人有所借镜，亦是贡献。所以能向前努力者，无论成败，都有贡献。最无丝毫贡献者是不干，怕失败而不敢干，或半途遇着困难即不愿干。

（二）林德白可以三十二小时一直不停地飞渡万余里，在最初发明者横弄竖弄，竟飞不起来，至赖奥维算是成功了，也不过飞渡二百六十码。可见从不可能达到可能的境域，不是由这一点到那一点的那样简单。必须经过许多麻烦，经过许多失败，经过许多时间，经过许多筹划，经过许多手续，经过许多改进，若是性急朋友，老早丢了，哪有成功的可能？所以昔贤告诉我们说“欲速不达”。

（原载 1929 年 6 月 9 日《生活》周刊第 4 卷第 28 期）

干

南方人说“做”，北方人说“干”。我近来研究所得，觉得最好的莫如干，最不好的莫如不干。这个地方所指的事情，当然是指宗旨纯正的事情，不然做强盗也何尝用不着干。

天下事业的成功是没有底的，人生的寿数是有限的。无论哪一种学业或哪一种专学，决不是可由任何个人所能做到“后无来者”的。但是在某一专业或某一专学，我实际果然干了，能成功多少，便在这种专业或专学进步的成绩上面占一小段。继我努力的同志，便可继续这一小段后面再加上去。这逐渐加上去的小段，他的距离或长或短，换句话说，那一段所表示的成功或大或小，当然要看干的人的材智能力。但紧紧的是要干，倘若常常畏首畏尾而不干，便决无造成那一段的希望。

要养成“干”的精神，先要十分信仰天下事果然干了，无论大小，迟早必有相当的反应或结果，决不会白费工夫的。

有了这个信仰，还要牢记两点：(一) 不怕繁难。愈繁难愈要干，只有干能解决繁难，不干决不能丝毫动摇繁难。(二) 不怕失败，能坚持到底干去，必能成功，就是成功前所经过的失败，也是给我们教训以促进最后成功的速率。就是我个人一生失败，这种教训也能促进继我者最后成功的速率。所以还是要奋勇地干去。若不干，固然遇不着失败。也绝对遇不着成功。

（原刊1928年1月8日《生活》周刊第3卷第10期）

办私室

诸君听惯了“办公室”这一个名词，忽然看见这个题目叫做“办私室”，也许疑为写错了字，或者是指洋房里面排着浴盆和抽水马桶的那个房间；其实既不是写错了字，也不是指那个与“方便”为缘的办私房间，是指虽称“办公”而实为“办私”的地方。

怎么叫做“办私”？开宗明义第一章即是安插私人。只要你做了一个什么“长”，局长也好，校长也好，或只要做了什么“理”，总理也好，协理也好，总之只要你做了一个独当一面有权用人的领袖，大领也好，小领也好，便得了无上机会去实行“举不避亲”的政策！舅老爷可任会计，姑老爷可任庶务，表老爷可任科长，侄少爷可任科员……真是人才济济，古人说“忠臣孝子出于一门”，这至少也可以说是“各种饭桶出于一门”！外面的真正的专门人才虽多，其奈不是“出于一门”何！

常语有两句话，一句是“为人择事”，一句是“为事择人”；其实能为事择人，是要办某事而选用合于此事的人才，固然是很好的事情，就是因有了人才，寻得相当的事叫他去做，也不是什么不好的事情。所最可痛的是不管事情弄得怎样糟，只要是自己的亲戚弄得饭碗算数！

但是“办公室”到底是办公的地方，只有秉公办事始能令人心悦诚服，倘若硬把“办公室”一变而为“办私室”，便极容易引起暗潮，引起纠纷。有某机关的庶务先生，因为要拉一个私人做茶房，就原有的茶房里面拣出一个“弗识相”的开除掉，弄得全体“茶博士”宣布罢工，闹得乌烟瘴气！我又亲见某机关的领袖任事十余年，全取人才主义，从不用一私人，凡有什么难问题，或同事中有所争执的事情，他数言解决，众无怨言，因为大家都知道他是大公无私，全以当前的事实为评判的对象，自然使人易于谅解。这位领袖对于“办私”的机会虽不知道利用，但据他自己对我说，他因此对于“办公”方面却大为顺利。

做领袖的人要做全机关的表率，所以尤忌在办公室里“办私”。但是任何办公室，除了领袖，还有许多职员，而办公的职员也往往各办其私。西友某君有一次很诧异的问我说道：“在外国银行里，各办事桌旁的办事员总是忙于办公，何以偶入中国的银行，往往看见许多人就办公桌上看报？”他这种话当然不能抹杀我国人办的许多银行，但是我们试冷眼观察，吾国办公机关里的职员，于办公时间内看了大报还看小报的人有多少？这种私而忘公的精神怎样的普遍！

听说外国国民看报的人比我国多得不知几何倍数，他们每日由家出外赴办公室的时候，往往利用在途中坐车的一些时间内把本日的报展开来看看，到了办公室便须认真的办公，他们真是笨伯！何以不知利用办公室里的办公时间来看看报呢？可见他们不及我国办事的聪明了！

我国办公事的人还有一种“办私”的好机会，就是滥用机关里的信封信笺，就在办公室里来写私人的信！

据梁实秋先生说他有一天接到一封从外国邮局寄来的信，那信封是免贴邮票的信封，在贴邮票的角上印着：“如有以此信封作私用者，处以二百元之罚金。”这种事情，在咱们的聪明办公者们看起来，未免要笑他们不懂得“办私室”的妙诀，以为公私何必分得如此分明，未免“小题大做”了！

我有一位朋友在某机关里服务，他告诉我说他有一位同事差不多天天在办公室里用机关里的信封信笺大写其情书，他虽“挨弗着”拜读那些情意缠绵的情书内容，但偶尔把眼角斜过去偷瞧偷瞧，但见满纸“吾爱”！这也可以算是在办公室里极“办私”的能事了！谁家女郎，得到这样多情的如意郎君，所不堪闻问的是那间表面上号称“办公室”里的事务成绩！

我又听说外国的各种机关正在那里利用种种科学的原理来增加办公的效率，我国“办私室”的效率对于“办私”方面似尚不无成绩，也许可与讲究效率的外国并驾齐驱！我们中国社会事业所以难有进步，也许是有一部分因为这一方面的成绩太好了！太普遍了！

（原刊 1929 年 1 月 13 日《生活》周刊第 10 卷第 9 期）

无所不专的专家

天下无万能的人，也很少一无所能的人（除非自己糟蹋掉），倘知各就自己天赋能力的大小及趋向，加以培植，加以学力，加以经验，各自用得其当，就所专攻的学识经验以从事专业而贡献于社会，在自己则能使固有之天才获最大限度之发展，在社会则能因此而获得最大限度的裨益，此专家之所以可贵。

但在我国往往产生许多无所不专的专家，试回想从前的政界，有人今日做司法部长，隔几时可以做教育总长，再隔几时又可以做内务总长……各部的什么长，在名称上似乎是各有所专，在别国是要选各得其所的专门人才充任，在我国则凡是做了大官的人就无长不可做，这是无所不专的官僚专家，到现在此种风气还是不免。这种风气之所由来，当然有很深的历史背景。我国从前虽有所谓士农工商，但农工商是够不上受人尊崇的，只有“士”是受人尊崇的，所以一钻入私塾，就可听见什么“惟有读书高”的声浪，而所谓“士”者即是无所不专的专家，只要读过四书五经，什么事都可以干！“相”是文的，“将”是武的，而读书人却可以“出将入相”，到了外面可以做将，已到了里面就可以一变而为了相！医生原是一种很专门的事业，但在“医”字之上却加一个“儒”字，称为“儒医”，儒者是读书人也，于是读书人不但可以“出将入相”，又可以由旁路一钻而做“医”。

到了现在，环境虽不无一部分的变异，而这种深入人心的“遗风余韵”还暗中滋长着，原是往往虽受有专门的教育，而却不安其分，不肯专其所专，却喜欢掮出无所不专的虚浮花样来，在社会上瞎混！有某君在文学上有了努力，并得到相当的名誉，却抛弃了他的特长和已往的经验而分心于别的不相干的事情。有某君在教育上有过相当的学识经验，不从这方面有所译述，忽然乱七八糟的发表经济学上的译著，法学上译著，政治学上的译著，反给真正有研究的人批评得焦头烂额。诸如此类的不经济的行为，不但于社会上是有害无益，而且把本人所固有的多少天赋，也随之埋没，未免可惜。

最好笑的是本国虽产生了骛外虚浮的无所不专的专家，遇有外国的专家到了，往往也把这样的态度来对他。例如美国的克伯屈博士，他固然是美国教育界的名宿，但他的特殊贡献是在“教育法原理”，不是包括教育上的一切，而到了中国之后，我国的许多大教育家却分列日期，第几日要他讨论大学教育，第几日要他讨论中学教育，第几日要他讨论初等教育，第几日要他讨论职业教育，第几日……好像几十代祖宗在教育上未解决的一切问题都要请他来解决一下！我够不上做教育大家，当时未曾列席，不过我看报上发表了这样的日期表，念他未曾做到“中国特产的无所不专的专家”，颇替他担忧。后来在报上看见他对于各日讨论的无所不专的教育问题，所答的话里面好几处是说：“这个问题，我不敢妄断，你们要根据中国的特殊情形去解决的”，这不是这位专家“吃瘪”，实在是他未曾做到我国所崇拜的“无所不专的专家”资格！

中国“无所不专的专家”所以遍地都是阻碍真正事业的进步，他们本人不自量，无自知之明，及好出风头，固然是自己害自己，而社会却也不能辞其咎，因为一个人无论你专了什么，一旦成了什么名人，社会上便当你是万能。这里请你做校董，那里请你做董事；你的文章尽管狗屁不通，有人争先恐后的请你做广告；你的字尽管写成鬼样子，有人争先恐后的请你题签；甚至包医花柳病的文序上，也要拉你写一个尊姓大名！

无所不能的人实在是一无所能，无所不专的专家实在是一无所专，即有一知半解，决难有深入的研究心得，更说不到对社会有真正实际的贡献，不过把浮薄的虚声，大家骗来骗去罢了。

天下无万能的人，人贵有自知之明，为己身事业计，为社会进步计，中国观念都有认清楚的必要。

（原刊 1929 年 7 月 7 日《生活》周刊第 4 卷第 25 期）

办事上需要的几个条件

除了尸位素餐的官吏、坐领干薪的蠹虫及游手好闲的纨绔子弟外，大概都不能和办事绝缘，所谓服务社会的“服务”两字的意义，也就是办事的意思。办事上所需的条件，如在理论方面唱高调，简直可以著一本很厚的大作，但记者在此文所欲论述者，决不愿徒发空论，乃根据事实上之观察与实际上的体验，以为我们在办事上有几个确实需要的。

假定一个人对于他所办的事，已具有相当的知识技能，他在职务方面能否胜任，至少还要看有无两个最低限度的条件：第一是肯切实的负责，第二是有细密的精神。求之我国历史上的人物，其负责精神最足令人感动者，殆莫过于诸葛亮。他原来是“臣本布衣，躬耕于南阳，苟全性命于乱世，不求闻达于诸侯”，初不负什么重要的责任，后来他因为“先帝不以臣卑鄙，猥自枉屈，三顾臣于草庐之中，咨臣以当世之事，由是感激，遂许先帝以驱驰”，于是他不负责则已，既已负责，便毅然“受任于败军之际，奉命于危难之间”，甚至不顾成败利钝，“鞠躬尽瘁，死而后已”，其忠肝义胆，照耀千古，故“出师未捷身先死，长使英雄泪满襟”，其感人之深一至于此，全在他的负责精神，刘备在时他负责，刘备死后他还是负责。我们平常办事，固然用不着大张其辞，一来就说到“死而后已”，但既受信托办理一事，在人面前随口承诺的答应了下来，一转身便马马虎虎；办得好不好不管，时间赶得赶不上不管，推一步走一步，催一次快一点，你不留神督促查询，他便随意宕挨延误，或草率交卷，好像货出不退换，满不在乎！遇着这种宝贝，你一次或两次上了当，以后简直不敢领教。事业范围越大，你个人的督察能力愈难，所需要肯负责的同志愈亟，但对自己私事肯切实负责的多得很，公事肯切实负责的实有如凤毛麟角。故肯切实负责的人，实为办事上最渴望而不易得的同志，因为只有这种人能使你放心，能分担你的责任。

其次最感缺乏的便是细密的精神。细密的对方便是粗忽或是鲁莽。姑舍大事而以小事为喻，有人替你誊写一封信，总要替你誊错几个字，使你非自己过眼总不能放心发出，其实只要誊后细密地看一遍，便没有这个毛病。又如有人替你发信，也许把甲的信套进乙信封，把乙的信套进甲信封，弄得两边不接头，遇有重要的事件，时间上手续上的延误固不必说，有时信件内容有秘密之必要，他却如此替你公开起来！有时有附件要加入，他把这信发出，附件还附在他的办公桌上！小事如此，大事你便不敢交托他了。

以上两点是我们所可认为办事的最低条件，这都是可以用意志的力量和训练的工夫养成的。在“最低”之上，如要再作进一步的要求，愚意以为还有一个条件，便是自动的精神和创造的能力，能就所负责的范围及所做的细密工作上，想出更好的计划，定出更好的办法，精益求精，与时俱进。此则具有超卓思想的异才，发展事业的柱石，不仅能不负所托而已。

（原刊 1931 年 4 月 11 日《生活》周刊第 6 卷第 14 期）

青衣行酒

小的时候看《纲鉴》，看到晋朝的怀帝被汉主刘聪所虏，靦颜称臣，称刘聪为陛下，“汉主聪谓帝曰：‘卿昔为豫章王，朕与王武子造卿（“造”是访问的意思），卿赠朕拓（柘）弓银砚，卿颇记否？’帝曰：‘臣安敢忘之？但恨尔日，不早识龙颜。’聪曰：‘卿家骨肉，何相残如此！’帝曰：‘大汉将应天受命，故为陛下自相驱除，此殆天意，非人事也。’”这不能不算是极尽委曲求全的能事了！但是刘聪还不够，“汉主聪宴群臣于光极殿，使帝著青衣行酒。庾珉、王隽等不胜悲愤，因号哭”。我们古时青衣是奴隶的标志，“青衣行酒”便是做着倒酒的奴隶，庾珉和王隽都是怀帝的旧臣，所以看到这样的惨状，禁不住号哭起来。结果这两位号哭的朋友固然被杀，就是甘为奴隶而不辞的怀帝，仍然被杀。我小的时候虽懵里懵懂，当时看了这一段，小小心弦也被震动，感到莫名其妙的凄惨！

最近看到报上的消息，在华北日军进攻北平大演习的时候，遭难的老百姓流难失所，不堪设想，怀仁堂上却特设盛筵欢宴日军司令，“举杯为祝，众皆鼓掌”。并“殿以中西歌典”，这惨痛的现象，和上面所说的情形，不知道有什么两样！

有朋友由华北来，谁都盛赞二十九军的爱国精神和宋哲元氏的处境困难，但认为非有全国整个的救国行动，华北在实际上是必然要全部沦亡的，尽管在名称上也许还存着多少的烟幕。

历史如果还有教训的话，晋朝的怀帝该是我们的前车之鉴吧！

（原刊 1936 年 11 月 8 日上海《生活星期刊》第 1 卷第 23 号）

最有益于全世界的老头子

你做了有益于人的事情没有?

科学界发明家的老前辈爱迪生(Thomas A. Edison)已八十岁了!最近美国有人发起全国用选举方法选全国最伟大的人物,这位白发老翁便是当选的人,其实受他发明之赐的岂但美国,简直是全世界!我现在要和诸位谈谈这位有益于全世界的八十岁老头子。经过五十年之久,爱迪生在他试验室或工厂里面,在一个星期里,通扯平均起来,有六日工夫每日十八小时作工,有许多时候简直七日里面日日都做十八小时的工作。根据每日八小时的工作计算起来,他所尽力于有益于世界人类的工作,和平常一个人用去一百二十五年的时间一样!假使这位每日八小时工作的人从二十二岁起(爱迪生的重要发明是从他二十二岁开始)即开始发明,那末照爱迪生的发明成绩算起来,这个人现在要活了一百四十七岁才行。就是这样,他还不能赶上爱迪生,因为爱迪生的发明至今尚未停止,在最近的已往七八年里面,这位老怪杰每日工作平均仍有十六小时之多！这样说起来，如把上面所说的五十年，和最近的八年，共总计算起来，那位要赶上爱迪生的人，简直要现在已经活了一百六十岁！而且不可就死，还要很强壮的活下去！

现在爱迪生怎样？是不是要停工享福？不！不！他还有许多有益于世界的事情要发明，他还有许多工作要做，他没有工夫想到他自己的个人！

美国奇异电气公司副经理莫利逊是爱迪生四十多年的老友。他曾经说过："他们说爱迪生是一个伟人，是一个有光荣的发明家，是具有出类拔萃的天才，虽都不错，但这些事都还容易，在爱迪生还不止此，他是世界上最有用的一个人；他的有用于世界，影响全世界的几千万人的生活，现在活着的人，哪一个及得到他！你们若不相信，尽可视察视察，便要觉得奇异！"

这话一点不错，我们往往想到爱迪生发明了这个，发明了那个，却不甚留意他所发明的东西使得人类的生活受着很大的影响，使得实业受了很大的影响！尤其在注意的，是这种空前的惊人成绩乃出于一个脑子的产物！这个人真配得上"世界上最有用的人"的尊号。

这个尊号并不是空吹的。要明白这个尊号的意义，我们可略为谈谈他的发明事业。爱迪生发明的东西里面，最重要的或者要推白光电灯和发动机，这类事业不但创造一种新实业，在投资和用人方面规模之大，也是有史以来所少有。但是这类事业还不过是他的许多发明里面的一种！

他所发明的电影，又创造了一种新实业。此外还有蓄电池，留声机。以上据说的四样，不过是最普通最易明白的例子，其余还有许许多多，真说不完！

有人仅就美国一国里面，把由他发明而发生的各种实业统计一下，总结果如下：投资的金钱共有一百八十七万万零五千万金圆；服务的人共有九十三万零五百人；每年所付工资及薪金共有十六万万零一千五百万金圆(本年的统计)，还有别国不在内，可惊不可惊！

有人把这个统计报告爱迪生，这位老先生眼巴巴的望了一会，说道："我自己倒也弄得糊里糊涂！"说完付之一笑。

诸位！他使得实业、交通、灯光、运输、娱乐、教育，种种方面都受着他的好处！他使得人类的生活状况和工作状况都发生了很重要的改革——但是对他提出他的已往成绩，他丝毫没有骄容，不过肩头一耸，笑一笑就算了，他以为算不了什么！

喜得说不出话来

爱迪生的成功秘诀，在乎不尚空谈，但专心致志的去干。他曾有一次说过："倘若一个人所已做过的事没有什么成绩，不足以表扬他自己，请他埋头工作，不要多开他的尊口。我深信实事求是不讲空谈的人，一定没有许多话可说。"

要爱迪生谈谈过去的事情，很不容易；因为他的全副精神都贯注于"现在"，简直没有工夫想到"过去"。不过当他少年穷困，初到纽约，怎样获得第一个位置的事，说者纷纷，言人人殊，最近有人诱得这位八十岁老头子说出他二十一岁初到纽约的遭遇，非常有趣，也非常有价值。

他说："在一八六九年的夏季，我那个时候已二十一岁，有一天早晨我由波斯顿乘船到纽约，我提着手囊跑过船板上岸之后，四顾盼望，身上搜挖一下，才晓得衣袋里一个钱都没有，因为所有的钱都付作船费了。我由船坞往街上走，一路走，一路心里想总要想出一种办法才好。

"我当时法子还没有想出来，肚里却已饿得要命，似乎早餐倒是一件要事。但是一钱不名的人，早餐怎么办呢？真是一个不易回答的问题。我一面走，一面这样自言自语的瞎想，偶然仰头一望，看见路旁一家茶行里面有一个人正在那里面尝茶样，把这个杯里所泡的茶尝一尝，又把那个杯里所泡的茶尝一尝,我便随步踏进这个茶行,请这个人给我一点茶样尝尝,他倒还客气,居然拿一点给我。我拿这一点茶叶塞在嘴里嚼嚼,就算我在纽约第一次的早餐!

“我记得在波斯顿认得一位电报生,听说他已到纽约做事。这个人很好,我这个时候决意去找他,以为倘若找到了,他必能在我未寻得工作以前,助我维持几天。哪里晓得千辛万苦的找到了他,刚巧他在前一个星期失业,真算得我的触霉头!那个时候他全力所能帮我的,就是把一块钱借我,这一块钱就是我未得事以前所靠以维持生活的唯一经费!

“我写了好几封自荐书,寄与几个电报局,同时便在一个公司里面寻着一个稍为有点认识的工人,求容我在那房子的角里小地方,暂时栖身,承他答应,我把那角里龌里龌龊的东西稍稍整理,勉强留出一个睡的地方。……我对于这个公司里所用的机器,却觉得极有趣味。其中装有五百部机器,靠一部总机发动。我当时空的时候很多,便很用心的对于这些机器加以研究。但是我袋里只有一块钱,做我粮食费用,我便想法只吃粗而易饱的东西,但是能够吃几天呢?心里正在愁虑,而我的好运来了!这个好运气是发生于我对机器的留心研究。

“有一天那公司里面的总机器出了毛病,管理的人弄不好,公司里面许多人都弄不好。于是五百部机器都受影响,不能进行。总经理劳斯博士也焦急咆哮,不知所措。全公司弄得一团糟。我当时也夹在里面看热闹,觉得我看出了其中毛病在什么地方。其初劳斯博士还不大注意,后来他姑且叫我试试看。我把外衣脱掉,整整的工作了两小时之久,居然将机器修好!但是我这次是拼老命干一下,机器虽被我弄好,而这种说不出的吃力却是我生平第一次所受过的。

“当时劳斯似乎非常感谢我,叫我第二天到他办公室去看他。我心里想,他叫我去见他,只不过多送我十块钱酬劳罢了。但是第二天对我宣布的话,竟使我喜出望外,喜得说不出话来。他叫我做总工头,每月给我三百圆薪金。这么多的钱，比我当时生平所赚的总数不止三倍！我当时初听他的话，还疑心这位博士存心和我开玩笑，哪里知道他的确是一番诚意。

“我得了这个位置，第一件事就赶紧请那位允我暂时栖身一个小角里的朋友，到馆子里去大吃一顿！”

有一句话给学生听见了倒要大大的赞成！

由爱迪生看起来，金钱不是做事业的主要目的；他个人对于金钱，觉得有助于他的实验事业到什么地步，这金钱的价值也到了什么地步。所以他曾经说过：“我做事的时候，总是专心致志的要想把所做的事如何如何做得好，并不想到如何可以藉此大赚其钱。我们如把营业的观念夹入实验室里面去，直正创造的实验事业便不可能。据我的经验，倘若一个人只不过为发财而做事，别的好处固然很少得到，就是钱财也未见到都可以得到。”

爱迪生所已成功的大发明里面，电影也是一种。现在电影事业已普及于全世界，就是我们中国也已经开始发动。在美国，这项事业规模更大。但是据发明这种事业的老头子说，他发明这种事业的原来宗旨还未曾达到。他说他最初把电影实验成功的时候，他不想专门供人娱乐，他是想电影大可以利用来改良教育。

他觉得普通学校用教科书教授，实在不适当，这种书本教育，据他看起来，最多不过有百分之三十的效率。但是我们却靠他做教育的唯一工具，要藉此使儿童了解社会上的实际生活，岂不大难！

所以爱迪生主张利用电影给与儿童一种新式教育，教他们由这里面学习许多实际的学识，不必全读死书。

倘若他老先生的理想能够实现，岂不是各校都要大做其影戏；做学生的读书的时候少，看戏的时候多，这倒是一件大可赞成的事。这不但学生觉得有趣味，就是做教员的，也要格外觉得有趣味。

有人问爱迪生，假使他再能从头活起，他的志愿怎样。他说："我还是不愿弃掉我的奋斗生活。我极宝贵由奋斗而得的经验，尤其是战胜困难所得的愉快。一个人要先经过困难，然后到了顺境，才觉得受用，才觉得舒服。"

爱迪生还有一句很有价值的话，他说："有的事情不是我们的眼睛所看得到的；但是尽力去干，却可以做到所不能见到的事情。"

（原刊 1927 年 6 月 5—19 日《生活》周刊第 2 卷第 31—33 期）

伊斯德门[①]

“柯达”照相机，销路已达全球，就是在中国的市面，也随处可以看见。关于发明并制造这种照相机的人，我有几句惊人的话告诉诸位。他在一九二六年一年内所得的纯利有二千万金圆之多！他的公司资产已达一万万二千万金圆！他终身不娶，真像嫁了他的大发明——照相机！他现在的志愿要把他所赚的这许多钱，完全替社会做公益事业。但是他说要好好的用去这许多钱，比赚的时候还要难！他说他很希望再能多活几年，俾得亲眼看见这许多钱能够用得得当。这位老头子的奋斗史很有趣，很可以激励我们的，请让我再简单的和诸位谈谈。

这位发明家的名字叫做伊斯德门(George Eastman)，是美国人。他的父母极穷，他六岁的时候，他父亲就已逝世，家境更穷得不堪；所以他十四岁的时候，就在一个保险公司里面做使童，每星期赚三块钱的工资，还要拿回去津贴他孱弱的母亲和两个妹妹。这位发明家的出身这

① 伊斯德门：今通译伊斯德曼(1854—1932)，美国发明家，柯达相机的发明者。

样的苦，使他心里常常觉得穷的可怕，所以他的头发老早就已完全变成灰白色。

他在保险公司里服务非常勤慎。所以后来他的雇主便升他的位置，使他每年有六百圆的薪水。这个保险公司规模有限，不能再加他的薪水，他的雇主奖掖心切，把他荐到一个储蓄银行里面去，任簿记员，每年可得八百圆的薪水。但是他的脑子极能想出新花样，很想做关于新奇的东西，簿记员并不能限了他的终身，所以他在家里便备了一个小小的工作室，工余回家的时候，就在那里面大研究其机械的工作与发明。他看见当时照相机的粗笨，所用湿片的携带不便，一心想要改良它。有一天他读英文杂志的时候，看见其中有段说起一种试验，可把胶质做成干片，代替寻常所用的湿片。他得了这个暗示，大做其试验的工夫，做了无数次的试验，居然被他弄出一个可用的公式来，造出的干片可用。

伊斯德门从事试验的时候，所受窘迫非常厉害，为糊口奉母计，他不敢并且不能辞去银行职务，俾得专心试验。他决意两件事都要做。于是他雇用了一位青年，当他自己日间往银行任事的时候，就叫这位青年在家里做他所指定的呆板的工作。一到夜里，他自己便由行里回来从事实验。这两方面的事情都极劳苦，有许多时候，在一星期内，他连着几夜没有睡，真是“心力俱瘁”！

幸而他所试验的干片，确有结果，于是经营照相业的人渐有所闻，知道是一位青年（伊斯德门当时二十五岁）所做的，大家都以为异。纽约有一个公司听了这个消息，便来做批发生意。当时伊斯德门便请了一位朋友增加些股本，一同经营，不过这生意只是夏天才旺的，又是一个困难。幸而批发公司答应全年都来购货，平常购进的货，都存起来，到夏天一起卖出。当时每月竟有四千圆的生意。

到了这个时候，他才把银行职务辞去，他辞去银行职务的原因，也很有一述的价值。他自己说：“当时比我上一级的职员因事辞职，依序我应得升任，因为我和他共事很久，一切极为谙练。但是当局却不把我升入，另外用一个亲戚，做我的上级职员。这当然是不对的，是不公平的，是与正义相反的，所以我毅然辞去了。商界中人这样私心自用，无异驱逐很好的人材。”这样看来，伊斯德门可算已经战胜困难，可恃照相片的制造以求自立了，哪里知道又逢着一个大的困难。

伊斯德门千辛万苦的寻出可以造成照相机上用的干片的公式，而且做出的干片有大公司来批发，比此前的湿片简便得多，上回已经讲过了，但是忽然有一个困难发生。什么困难呢？就是他所做的干片不能久藏，久藏了就没有效验，不能应用，这样一来，已经批发卖出去的许多干片，藏着预备夏天出售的，统统退了回来！伊斯德门不得不大亏其本，把退回来的统统搁起，连夜在他的小工作室里面赶造新货，以应市上的需要。这样拼命的干去，在经济上当然是完全白做；不过要维持信用，不得不做！

当时虽已勤苦不堪，幸而做出来的立时可用，总还算得顺利。但是不久又发生一个更大的困难。又是什么困难呢？忽然之间，他的公式不灵！造出的干片一张都不能用！他千研究，万研究，总莫名其妙。当时他真是一筹莫展，那种完全无望、走投无路的苦痛，真非身处其境的人不能领会。所以他自己也曾经说：“我生平所经过的艰苦困难，莫过于这一次所遇着的。”于是他暗暗的跑到英国“纽克苏鲁”的地方，到造干片的工厂里面去做工，经过烦苦，又回美国，重振旗鼓，但所得的结果总不及他从前自己所寻出的好许多。他想要解决这个难题，非更从基本科学下手不可，非研究化学利用显微镜考察不可。于是又经过许多烦苦，才发现须有一种特别的胶质，才有效验。他最初碰巧用到相当的胶质，后来用着不相宜的胶质，所以公式虽同，前后的结果大异。同时有许多人听了干片的广销，也纷纷寻出一些公式，虽然不及伊斯德门的好，但是生意被他们抢去不少，所以在一八八四年的时候，伊斯德门的地位仍是很觉困难。

但是肯研究的人，肯进取的人，肯奋斗的人，终究要立于更优胜的地位。往昔照相用的湿片，携带非常重笨累赘；后来由他改用干片，已经比较的便当得多了，但是他还觉得不满意。他要把照相机弄得非常简便，要弄得随手可以携带，要拍的时候只要随手压一下就行。往昔所用的片子，无论是湿片或是干片，总是玻璃片，他想要达到他理想中的简便照相机，非想法废去呆笨的玻璃不可，他于是大用其化学的试验工夫，做了无数次的试验，千辛万苦，发明现在“柯达”照相机中所用的薄膜的片子；这种片子透亮薄软，可以卷藏的。这种重要发明的薄膜片子，不但替照相机开一个新纪元，而且影戏片子全靠有这种软片。伊斯德门刚发明了这种软片的时候，电学大家爱迪生正在研究电影的发明事业，听见伊斯德门先有了软片的发明，立刻和他接洽，就用他所发明的软片。现在电影事业遍世界了！我们看电影的时候，不要忘记爱迪生，也不要忘记伊斯德门，他们俩真可称“相得益彰”，在人类生活上做了愉快的有用的贡献。天下事“苦尽甘来”，伊斯德门既发明了透明软片，随后的逐步胜利，不言而喻。现在“柯达”的名词，各国文字里差不多成了通用的名词，美国路赤斯得的柯达照相机厂规模宏大①，内有百余幢大屋，直接从事工作的人近三万，为全世界实业大中心点之一。

他所发明的东西是有益于全世界人类生活的东西。他是极穷出身的，现在他却要把所得的万万金圆以上的资财，尽量捐做社会公益的事业，不以自私，这一点尤其使人佩服。

编者附志：此文重刊时，伊斯德门已于三月十四日开枪自戕，享年

① 路赤斯得：今通译罗彻斯特，美国纽约州第三大城市，柯达公司总部所在地。

七十七岁。他忽萌厌世思想，并非由于财政困难，乃由最后数年之体弱多病，生理对于心理影响之大，益为显著。他遗书说："我的工作已毕，留待何为？"虽为变态心理，但其意以为在世必须有益于群众之工作，则世之行尸走肉，徒生于世而无贡献可言者，其可愧为何如？

（原刊1927年8月21日、28日《生活》周刊第2卷第42期、43期）

诺贝尔奖金的创始者

诺贝尔奖金(Nobel Prizes),现在已世界闻名了,尤其是关于文学的奖金,世人更翘望得殷切,要急于知道是哪一位文学家得去。这类消息,想诸君在国内刊物上也常常有得看见。不过诺贝尔奖金的创始者自己为何如人,也很值得我们的注意,因为他自己对于人群也很有重大的贡献,而他把一生所得的九百万圆金洋完全公诸于世,作为促进世界文化之用,尤有他的伟大的精神。

诺贝尔奖金的创始者就是诺贝尔(Alfred Bernhard Nobel),他是瑞典国人,于一八三三年生于斯德哥尔摩(Stockholm,瑞典国的首都)。他的祖父是在瑞典北部做医生。他的父亲天性不近医业,却近于机械的和科学的方面。但是机械和科学方面的天才,在当时还不被人怎样重视,所以家人因家境关系,不把他送进学校,却叫他去学习航海的生涯。幸而后来他航海归来,自己寻得机会研究建筑工程,竟因成绩优异,被斯德哥尔摩一个实业学校请去担任"机械制造"教员,他便利用这个学校的设备,大做其发明的研究,在一八三七年他才三十六岁,已发明潜水艇炸弹，为俄国政府所知，重币聘往，为之开设试验厂，供以充分经费，使他无经济上之顾虑，得专心于发明，为俄国发明了好几种重要的东西，后来他叫第二子在俄试验，他自己回瑞典首都，和第一、第三、第四三个儿子继续研究炸药发明，创始上述奖金的诺贝尔就是老三。有一次因在试验室里试验的时候，忽然炸发，第四子丧生，他自己亦受重伤，终身未得复原，政府不准他再在岸上试验，他的几个儿子不为灰心，弄一只船在湖中继续试验，终以艰苦的奋斗，在一八六三年由老三诺贝尔发明一种炸药，名中 Dynamite，为很重要的一种化学品，其优点在用的时候，用者可免危险，欧洲经过阿尔卑山的铁路，穿过山洞九英里之长（叫做 St. Gotthard Tannel），就是利用他所发明的炸药开洞，因此减少五百万圆的经费，节短数年的工程时间。

这位老三诺贝尔所受学校教育极有限，所幸助他父亲工作，自己阅读又勤，旅行的地方又多，所以精通数国文字，除瑞典文外，对于英文、法文、德文、俄罗斯文，都写得很好。他在化学上的大发明，除上面所说的中 dynamite 之外，还有多种，共得八十五种发明品专利证书，他的发明事业对于人类的贡献当然很大，同时他的一部分的财富，也是由这种发明品专利而得到的，还有一部分财富于利用他的发明天才，开油矿得来的。

他是独身，于一八九六年死于意大利的圣勒摩（San Remo），六十三岁。他在死前一年，就备好遗嘱，把他的遗产九百万金圆作为基金，每年利息作为奖金，送给前一年对于人类有最大贡献的人。奖金分为五个部分：一部分是奖给一年中在物理学上有最大发明者；一部分是奖给在化学上有最大发明者；一部分是奖给在生物学上或医药上有最大发明者；一部分是奖给在文学上有最理想的佳作者；还有一部分是奖给对于增进世界和平有最大之贡献者。除最后一种系托瑞典国会特组委员会办理外，其余各种均委托斯德哥尔摩各该科最高学术机关办理。虽文学一部分的奖金屡有人訾议，以为人选有未尽当，但此类奖金能促进科学家之奋勉，其贡献于人群者实甚大。而且诺贝尔在遗嘱中郑重声明以贡献于人群之事业为标准，决无国界之畛域，尤有卓识。此项奖金自一九一〇年开始支配，基金不动，利息得永远地利用下去。

以一人而能对人群有如许之贡献，且使其祖国由此而得世界之刮目相待，这位诺贝尔先生给我们的“烟士披里纯”为何如！

（原刊 1929 年 5 月 12 日《生活》周刊第 4 卷第 24 期）

看看宇宙何等的伟大

无限的天空中所有的星体，就与地球的关系言，可分为两大类。第一类包括八个“行星”，地球也是其中的一个。

这八个行星都是环绕着太阳围行不息。不过有的与太阳近些，有的远些。依它们距离太阳由近而远的次序列举起来：（一）水星，（二）金星，（三）地球，（四）火星，（五）木星，（六）土星，（七）天王星，（八）海王星，这八个行星与日球合成为一“星族”，称为“太阳系”。

第二类的星是在太阳系以外的许多“恒星”。这许多恒星和太阳比起来，好像是“弟兄辈”，太阳系里面的八个行星好像是它们的“阿侄”一样，而许多“恒星”里面，又各有属星环绕成一星族，好像八行星之环绕太阳一样，或者还不少。据天文家的推算，天空中全体恒星的数目，当在二十万万与三十万万之间！

我们人类所属的太阳系，可视为若干行星团聚而成的小星族，游泳于此无限的天空中。自太阳系里面的地球至太阳系以外的一个恒星，即以炮弹之速，至少也要经过几百万年，才能够达到，最近地球的恒星是“南门第二星”，距地也有二十五兆兆英里(请记万万为亿，万亿才成兆，这个兆字不要轻易看过)。天空中最明的“天狼星”(也是恒星之一)距地还要比“南门第二星”加倍得远！我们人类所住的地球，在天空中真是“蕞尔小球”，包以石谷。然石谷之厚达许多英里，我们所视为汪洋大海，仅其面上低洼之处而已！球外又包以“弥漫无形”的大气，高三百余英里！愈高愈稀，渐至于无。我们住在地球上，好像是处于“宁静不动世界”里面，其实一经天文家的考验，即知其不然。地球自转每二十四小时一次。所以转移好像很慢，实则我们倘一想到地球之大，即知其运转之必为奇速！况且地球除自转之外，还有绕日的公转，其速度每分钟在一千英里以上，简直好像是狂奔了。倘若不是地球那么大，我们这样小，哪一个不被它奔得眼花脑涨，无以自存！他这种“狂奔”着所行的轨道是二个椭圆形，年行一周，共长约五万万八千万英里。日球比地球还要大三十余万倍，所以吸力很大，能使地球沿着轨道进行，不至脱离。

与地球之绕日相类的，有月球之绕地。其余七个行星之绕太阳，恰如地球；而其中五星又各有其月球绕着，好像地之有月一样。太阳的体质，比八个行星的体质加拢总数，还要大几倍，所以其吸力独强，各行星若非有极速的运动以抵御它，未有不为吸进而毁灭的！这样看来，行星绕日之必为奇速，可以断言。我们自以为是处安静的地球上，哪里觉得这许多行星日夜好像发狂地在那里大奔而特奔，奔得这么厉害！

假使我们可以腾空立于太阳几兆里之上，俯首下视，则太阳系的全体，当仅仅如斑点之隐约可辨而已。假使我们可以更上几兆里以上，则各行星完全都看不见，太阳缩如一点，亦仅一星而已。宇宙的大体，于此还不过略见一斑。因为天空中的太阳不过是许多恒星之一，许多恒星又好像各自成一太阳，太阳之所以见其大，不过是因为它距地较近罢了。(但是已有九千二百八十三万英里!)所谓“宇宙”，是天空中无数如“太阳”的星体集合而成，而其中之各个恒星，各有各的属星绕成一星族，像太阳的还不知有多少！这真可以把“济济一堂”四字的老话，改为“济济天中”，很为确切！天空中太阳以外的恒星，照天文学家的推算，当在二十万万与三十万万之间，上面已经说过，这还算不得“济济”吗？太阳约在“宇宙”的中部，离这“宇宙”的心约有数百兆兆英里，其余许多恒星分布四方，好像密布于一个平圆的大圈上；其幅员之广，据天文家推算，自一绝端至相对的别一绝端，就是用速力最快的光，每秒钟十八万六千英里的速率，要行五万年才达到，这就是我们人类所处的“宇宙”的伟大！你看伟大不伟大！不但如此，据近代天文学家的研究，多信除了上面所说的那么大的“宇宙”之外，还有若干与此相类的宇宙，或者与我们所处的“宇宙”遥隔一广漠无伦的空间，亦不可知。

我说了一大篇“大话”，我心里不免发生了一个“大感想”，就是我们看看我们这样的一个身体，似乎不小；但是生在这么大的一个中华民国里面；中华民国又在这么大的一个亚洲，亚洲又在这样大的一个地球上面；地球又在这么大的太阳系里面；太阳系的“硕大广漠”，“宜若无伦”了！但是在许多恒星所会集的“宇宙”中，又真是“渺乎沧海之一粟”，“宇宙”的伟大，已经不可思议！而近代天文大家还告诉我们说，他们相信在这个大得不可思议的“宇宙”之外，还有其他的许许多多宇宙，那是真不可思议里面的不可思议了！这样看来，我们真是小得不知到了什么地步！但是靠着我们小身体里面的小脑子，凭借天文学的进步，居然能晓得能想到这么大的“不可思议里面的不可思议”，也未尝不可以自豪！

1927 年 2 月 27 日

潘老太太与中医

中央卫生委员会于二月间通过关于中医的议决案，中有禁止旧医学校及取缔宣传品与登报介绍旧医学等项，于是引起轰动一时的全国中医药团体代表大会。

听说中医药材的出产每年达九千二百余万元，生计的关系牵及四百八十余万人，仅就上海一埠而论，中医有二千人，药铺有三百家，每日所配的药方平均总在一万帖左右，这也可算是一个很大的社会问题，似有审慎考虑的必要。

我国往往有人看了几本不求甚解的医书，就胆敢开方医病，在他们腕下冤死的人真是不可胜数，这便是所谓“庸医杀人”。但是我们不能因为痛恨“庸医”而遽断中医绝对没有好的，更不能因此遽断中国医术绝对无存在的价值。中医确应有积极改良的地方，却不应不分皂白地“禁止”。即如“旧医学校”，加以考查，绳以标准，然后分别决定存废则可，一概抹煞地“禁止”，则于理似有未当。

我个人偶有疾病虽向来请教西医，但平心而论，除了“杀人”的“庸医”之外，中西医却各有所长。这类事例当然很多，我现在仅提出一位老太太来谈谈。

《时事新报》总经理潘公弼君的祖老太太今年八十三岁了，精神矍铄，健适逾恒，但据潘君自己告诉我，她在七十三岁的时候，腹上生了一个如碗大的瘤，作痛殊甚，全家惶恐。潘君送她到上海一个很有名的西医医院里去，一面自己仍到报馆里去办事。一会儿接到医院里的电话，说这位老太太无救。潘惊吓之余，赶到医院一问，据西医说这种病非开刀不可，而这样大的年纪又受不住开刀，所以无救。潘君问他无救便怎样，他说无救只好让它溃烂，等到一个肚子烂完，人就随之完结罢了！潘君只得把他的祖老太太送回家，以西医既经拒绝，姑请中医一试，就从他的家乡嘉定请了一位著名中医朱舜初来看。由嘉定请到上海仅费大洋四块，在当时内地已算是很阔的了。他来后仅用手一摸，便说这个病可以医得好的，可是恐怕永远不能闭口。潘家听他说医得好，也就唯命是听。他拿出几把像扦脚用的小刀来，潘君看上去却似乎不大干净，自告奋勇去做他的助手，用火酒大擦一番。那位朱医生拿着一把小扦刀在瘤上中央插进去，有三四寸之深，病者并不觉苦痛。他把刀抽出之后，用小绳把药从所开的小洞洞里扭进去，然后外面用一贴小膏药一贴，就此完事。第二天那个如碗大的瘤竟消失了。随后他代为换药三四次，说好了，不必再看了。后来那个小如针孔的洞洞果然十年未收口，常流出一点儿黄水，于她老人家却并没有什么妨碍，到了十年，连水都没有了。现在这位潘老太太尚健在，可惜那位朱医生已“归道山”了。如果当时没有了他，一个肚子不知道能否经得住烂到现在！

但是我又想，就是这件事，也未尝无改良的余地，例如那样小扦刀，如不经过火酒的消毒，谁保得定不会弄点别的微生虫到肚子里去作起怪来？

1928年3月31日

半个脑子

据于脑学很有研究的费利博士(Dr. E. E. Free)说,有许多脑学专家依实际研究的结果,都深信人类对于他们的脑子往往只用了脑子全部分能力里面的一小部分,还有一大部分隐藏着的能力,都因没有用着而埋没掉。这个意见,因美国霍布金斯大学(John Hopkins University)里有位脑学专家邓德博士(Dr. Walter Dand)最近执行了五起脑病的剖脑手术,获得空前的奇异结果,愈益可信。据说有五个人患了异常严重的脑病,只有开刀或有一线之希望,于是像我国人所谓“死马当活马医”,乃由邓德博士用手术,把他们的大脑割去一半。我们都知道,一个人的大脑是他思考力所荟萃的区域,剖割之后,这五个仅有半个脑的仁兄,有两个仍不幸而无救,有三个的生命却得以保存,于是这位脑学专家便得着测量所余思考力的好机会。既割去了半个脑子,必有一半身体是要麻木不仁的,这是当然的一种结果,在未用手术以前就预料到的。一个人大脑的左半边是管辖右半身,大脑的右半边是管辖左半身,因为脑神经离开脑壳之后,就这样交换方向地布满左右半的身体各部。邓德博士这次把五个人的脑右半割去，所以生存的三人左半边身体都麻木不仁。所奇者是这三个人的大脑虽然仅留着一半，而细究他们的思考力却与前无异。换句话说，就是他们有全脑的时候，并未曾用着全脑，只不过用着一半，否则思考力必可以比现在加倍起来。

我国昔贤常说“心常用则活，不用则窒”。又说“精神愈用则愈出”。这原来不过是他们经验的话，现在有了上面所说的科学方法的证实，更觉得有深切的意味了。

昔贤又尝有几句警语，说：“智慧愈苦而愈明，不可因境遇偶拂，遽尔摧沮。”“苦”是人人讨厌的东西，有什么好处？也无非是受了“苦”的刺激，把大脑里的部分多用了一些，所以“愈明”；坐享“写意”日子的纨绔子弟，“撒撒烂污”，大脑里用着的部分愈少，也许还要干些不正当的勾当，把大脑伤了几部分，弄得更糟！

但是用脑子也要得法，否则反而容易用坏。例如学校里所谓“书虫”（上海人所谓“书读头”）何尝不是一天到晚地用脑子，可是“愈用”非特不能“愈明”，反而愈笨！要免这种弊病，有两要点：（一）用脑的时候，要使注意力完全集中（Concentration）。“书读头”的读书，也许捧着书看了好几页，不晓得自己看了什么！或硬记了许多时候，不懂得自己记些什么！有的人读书时间虽不多，而心得却不少，就是在读的时候注意力集中的缘故。读书如此，处事亦然。（二）这样用脑若干时之后，必须有“弛散”（relaxation）的机会，就是要使脑子完全休息，使紧张的脑神经得处于完全弛缓的状态。“书读头”之所以尴尬，就在于“一天到晚”没有“弛散”的时候，所以他的脑子“愈用”而愈“窒”。读书如此，处事亦然。

1928年5月12日

糊涂虫假认真

本刊心水君在二十三期《无若有》一文里谈起几年前某省有一位省视学闹出的笑话，他重在说明“知之为知之，不知为不知，是知也”。劝人“有若无，实若虚”，他这段笑话，引我记起前几年某省另有一位省视学的事情，倒也可算是一样难得的后先相映的“佳话”！

这位省视学原是一个糊涂虫，但他不幸做了什么省视学，每年总要视察几个学校，而且于视察之后，还要作几篇报告，视察和报告都要有些话来敷衍一下，便苦了他的“特长”！有一次他到一个很有名的中学校里去视察，他虽然到各教室里去“视”了一番，原未“察”出了什么，连各教员的姓名都不知道，这本是他糊涂的好处！但他一心准备着要作报告去呈给教育厅长瞧瞧，不得不认真一些，所以于视察之后，在该校应接室里，便就悬在壁上的玻璃框内的教员姓名表，把姓名及职务照抄在袖珍日记簿里，像宝贝似的藏好带了回去，这总算是他的深谋远虑了。不料他所照抄的那个教员姓名表是隔年的，其中有一个教员是已经去职的，还有一个是已经死掉的，这位糊涂虫作报告的时候，却闭着眼睛一个一个加了几句评语，连去职的和死掉的教员所有的教授法都被他“视”了一下，“察”了出来，这样的认真，说他糊涂似乎难免罪过！高高在上的教育厅当然根据他的报告公布，被那个中学校长和教员看见之后，为之大哗，他对于教员势难个个说好话，总要有些不大好的批评，糊涂的批评当然要引起一部分的不平，该校校长本想告他一状，后来想到他对全校的总评总算说了好话，才置之不论。危哉糊涂虫，间不容发！

据说宋朝有一位户部侍郎叫作吕端，宋太宗想叫他做宰相，有人说他糊涂，宋太宗说：“端小事糊涂，大事不糊涂。”终于叫他做了宰相。这位省视学先生在总评里总算闭着眼睛说了几句“好话”，也许还可以以“大事不糊涂”自慰，深叹生不逢时，不然也许还有宰相的资格！但是他比吕端更胜一筹的是假认真，天下迟早终必拆穿的是假的事情，糊涂也罢了，糊涂而假认真，便更危险。

依姓名表上抄下来的姓名，只要抄的时候战战兢兢，如临深渊，如履薄冰，不要抄错，似乎是一件很稳当的事情。谁料这样“触霉头”，却遇着是一个隔年的表格！在做“假”的人都以为是“深谋远虑”，“万无一失”，不知天下只有真的事情是可以颠扑不破的，假的事情无论如何周密，总是必有一天要拆穿的。

1928年5月12日

冯玉祥与缎鞋

据说冯玉祥氏在开封时，不准人家穿绸缎衣服，一见有穿绸缎的，他便要千方百计，使你难堪。有一次他看见自己部下有个兵士穿着一双缎鞋，他连忙上前去深深的一个揖，随着是一个九十度的鞠躬礼，不但一次，他接着左一个长揖，右一个鞠躬，把那位丘八先生弄得莫名其妙，呆若木鸡！最后冯氏告诉他说："我并不是和你行礼，只因为你的鞋子太漂亮了，我不敢不低头下拜哩！"那位丘八先生吓得魂飞天外，连忙脱下新鞋，赤着脚走回去。

这样的滑稽剧，冯氏很会扮演。结果听说他的左右往往预备好两种衣服，去见他的时候，便穿上一件蓝土布褂儿，省得他作揖鞠躬够麻烦；出去到别的地方去的时候，不是穿上漂亮的西装，便是穿上讲究的绸衣。

我们承认廉洁劳苦，是革命精神的一个当然具有的部分，但仅仅廉洁，仅仅劳苦，却绝不能就尽了革命的能事。像木偶一般，虽无所耗费，于人何益；像奴隶制度下的劳苦工役，于己于人群何益？（享受剥削所得的主人们当然在外。)所以必须有共同的主义信仰,共同的奋斗目标,积极的进行计划,然后廉洁劳苦始有意义,在这种立场之下,劝导人人共趋于廉洁劳苦之途始有意义。上面所谈的一类滑稽剧,固然是徒使左右多制一套衣服,不过养成虚伪的习惯,但即使不伪,若徒禁小兵穿缎鞋,而不能禁军官之克扣军饷,结果不过使军官更易于多多克扣,顺利剥削,而无数小兵徒作"瘟生"而已!

所以在剥削制度之下,即有心劝人修养,亦苦于无从说起,因为忠实勤苦等等美德用于为大众谋福利上,和用于为少数人增加搜括、增加私利上,性质迥异。

1932年7月23日

硬吞香蕉皮

重远先生偶然谈起从前吴俊陞(做过黑龙江省督办)吃香蕉皮的一桩笑话。当时东北对于外来的香蕉是不多见的,所以有许多人简直没有尝过,有一次吴氏到了沈阳,应几位官场朋友的请客,赴日本站松梅轩晚宴,席上有香蕉,他破题儿第一遭遇见,不费思索地随便拿了一根连皮吃下去。等一会儿,看见同座的客人却是先把皮剥掉然后吃,他知道自己吃法错了,但却不愿意认错,赶紧自打圆场,装着十二分正经的面孔说道:“诸位文人,无事不文质彬彬的,我向来吃香蕉就是连皮吃下去的!”一时传为笑柄。其实错了就老实自己承认,倒是精神安泰的事情;文过饰非是最苦痛的勾当。世上像吴氏这样硬吞香蕉皮还振振有词的虽不多见,但明知错了不肯认错,还要心劳日拙地想出种种方法来替自己掩饰,甚至把规劝他的人恨得切齿不忘,这种心理似乎是很为普遍。这种人穷则独害其身,达则兼害天下!因为他所能接近的全是胁肩谄笑的奸佞小人,所最不能容的是强谏力争的正人君子。

听说最近被刺的军阀张宗昌生平有三不主义,第一是不知道他自己的“兵”有多少，第二是不知道他自己的“钱”有多少，第三是不知道他自己的“姨”有多少。所谓“姨”者便是姨太太。据北平传讯，他的棺材运到北平车站的时候，“内眷未进站，挂孝少妇约十六七位，含泪坐灵棚下，柩至，乃依次出拜，伏地号啕而呼曰‘天乎！天乎！’十余人异口同声，亦复一阵凄绝，一时哀乐呜呜，与嘤嘤啜泣之呼天声相间杂，……少妇装束一致，丧服之内，露其灰色长衫，衫或绸或布，发多剪，留者仅二三人，除‘五太太’外，最长者亦不过二十五六。最年轻有正在破瓜年纪者，然丧容满面，亦皆憔悴不堪。”这里面有一点颇可注意者，这一大堆供作玩物的可怜虫大有舍不得她们所处境地的样子，在旁人觉得她们原有境地的可怜，在她们似乎还觉得不能保持原有境地之为可怜。换句话说，她们似乎情愿忍受。其实我们如作进一步的看法，在这样的社会制度和经济制度之下，她们都是不知自主也无力自主的若干寄生虫而已，说不上什么情愿不情愿。

1932 年 10 月 1 日

工作的大小

工作有没有大小的分别？就一般的观念说，工作似乎是有大小的分别。我们很容易想到大人物做大事，寻常人做小事。这种观念里面，也许含有个人的虚荣心的成分，虽则没有人肯这样坦白地承认。但是有的人要想做大事，不满意于做小事，不一定出于个人的虚荣心，也许是出于很好的动机，希望由此对于社会有较大的贡献；依他看起来，大事的贡献较大，小事的贡献较小，因为要对社会有较大的贡献，所以不愿做小事，只想做大事。这个动机当然是很可嘉的。我们当然希望社会上人人都有较大的贡献，于是对于能够有较大贡献于社会的人们，特别欢迎。

不过什么样的事可算做大？什么样的事只能算小？什么样的贡献可算做大？什么样的贡献只能算小？这却是所谓仁者见仁，智者见智，不易有一致的见解。

我们如在军界做事，就一般人看来，也许要觉得做大将是比做小卒的事大。但是我觉得做丢尽了脸的不抵抗的大将，眼巴巴地望着民族敌人今天把我们的民族生命割一刀，明天把我们的民族生命刺一枪，而不能尽一点军人卫国的天职，做这样的不要脸的大将，实在远不如做十九路军淞沪抗战时的一个小卒。在这样的场合，一个小卒的工作对于国家民族的贡献反而大，一个大将的贡献不但是小，而且等于零！

也许你要驳我，说对民族敌人不抵抗的不要脸的大将，当然是太不要脸，对国家民族不能有什么贡献，这诚然是不错，但假如做了真能抗敌卫国的大将，那便有了较大的贡献了。这样看来，大将的工作仍然是比小卒的工作大，大将的贡献仍然是比小卒的贡献大。

我承认这话确有一部分的理由，不过我们要知道一个军队要能作战，倘若全军队都是大将，人人都做指挥官，这战事是无法进行的；反过来说，倘若全军队都是小卒，如同一盘散沙，没有人指挥或领导，那么这战事也是无法进行的。所以在抗敌卫国的大目标下，大将和小卒在与敌作战的军队里虽各有其机能，但是同有贡献于国家民族是一样的，在本质上，工作的大与小，贡献的大与小，原来就没有什么分别的。硬看做工作有大小，贡献有大小，这只是流俗的看法罢了。

宜于做大将的材料，我们赞成他做大将；宜于做小卒的材料，我们也赞成他做小卒。从本质上看来都没有什么大小高低之分，我们所要问的只是他们为着什么做。

1936年6月18日

从现实做出发点

“理想为事实之母”，这句话好像是很合于真理的，尤其是因为很耳熟的一句成语，我们往往不假思索地把它认为确切不变的真理。其实我们如仔细思量一番，便知道这句话有着语病，因为很容易使人误会，以为理想是可以超越现实而凭空虚构的，不想到自古以来任何大思想家的理想，都有他的现实的社会背景，都是事实之母，而不是凭空产生的。由事实产生的理想，再由这理想而影响到后来的事实，这诚然是谁也不能否认的，由这样的观点看去，说“理想为事实之母”，这句话原也讲得通。但是还不可忘却一个很重要的条件，那便是要在现实上运用这个理想，必须从现实做出发点，必须顾到当前的客观的事实，不是能够抛开你当前的现实而可以立刻或很顺利地实现你的理想。

哲学家的重要任务是要改变世界，而不是仅仅用种种方法解释世界。人类是能够改造历史的。所以我们要推动历史巨轮的前进，不可屈服于现实，必须负起改造现实的使命，但是要改造必须从现实做出发点，不能抛开现实而不顾，这是很显然的。例如你要改造一所屋子，你必须根据这所屋子的种种实际的情形设计，无论如何是不能抛开这所屋子而不顾的。

我们倘若能常常牢记着我们是要从现实做出发点，便不致犯近视病的苦闷、悲观，为艰苦所克服的等等流弊。

我们闭拢眼睛静思我们理想中的中国，尽管是怎样的自由平等、愉快安乐，但是你要实现这个理想，必须从现实的中国做出发点；现实的中国不能这样完全的，是有着许多可悲可痛的事实，是有着许多可耻可愤的事实，我们既明知现实的中国有着这种种的当前事实，又明知要改造中国必须从现实做出发点，便须准备和这种种事实相见，便须准备和种种事实斗争，这是意中事，是必然要遇着的；从事实做出发点的斗争，决不是没有阻碍的，有阻碍便必然地有困难，解决困难也必然要经过艰苦的历程，这是意中事，也必然要遇着的。其实中国如果是已像我们理想中的那样完全了，那就用不着我们来改造；改造时如没有阻碍、没有困难，那也用不着我们来斗争。倘若你一方面要改造中国，要排除阻碍，解决困难；一方面却因中国的糟而苦闷、悲观，怕见阻碍、怕遇困难；这不是自相矛盾吗？这矛盾所给与你的痛苦，是因为未曾注意要从现实做出发点！如果我们注意我们必须从现实做出发点，我们既不能像孙行者的摇身一变，脱离这个现实的世界，翻个筋斗到天空里去，那么我们只有向前干的一个态度，只有排除万难向前奋斗的一个态度。为什么呢？因为我们必须从现实做出发点，现实就根本是有缺憾的，必然是不完全的，必然是有着许多不满意的，甚至必然是有着许多事实令人痛心疾首的，我们既不能逃避现实，就不能逃避这种种，就只有设法来对付这种种；一个人或少数人来对付不够，就只有设法造成集体的力量来对付。

现在有不少青年有志奋斗，但同时却有许多逃不出苦闷的圈子。苦闷是要消磨志气的（虽则在某一场合也可以推动奋斗），所以我们要注意：我们必然地要从现实做出发点。

1936 年 7 月 5 日

图书在版编目（CIP）数据

爱与人生 / 邹韬奋著. — 南京：江苏凤凰文艺出版社，2017.4
（大家散文文存：精编版）
ISBN 978-7-5399-9413-0

Ⅰ. ①爱… Ⅱ. ①邹… Ⅲ. ①杂文集－中国－现代
Ⅳ. ①I266.1

中国版本图书馆 CIP 数据核字(2016)第 140103 号

书　　名	爱与人生
著　　者	邹韬奋
责任编辑	张　黎　王宏波
出版发行	凤凰出版传媒股份有限公司 江苏凤凰文艺出版社
出版社地址	南京市中央路 165 号，邮编：210009
出版社网址	http://www.jswenyi.com
经　　销	凤凰出版传媒股份有限公司
印　　刷	江苏扬中印刷有限公司
开　　本	880×1230 毫米 1/32
印　　张	8.625
字　　数	180 千字
版　　次	2017 年 4 月第 1 版　2017 年 4 月第 1 次印刷
标准书号	ISBN 978-7-5399-9413-0
定　　价	32.00 元

（江苏凤凰文艺版图书凡印刷、装订错误可随时向承印厂调换）